때로는 상처, 가끔은 용기

씩씩한 항암녀의

속 · 엣 · 말

때로는 상처, 가끔은 용기

씩씩한 항암녀의

속 · 엣 · 말

이경미 지음

예미

치열하게 살고 싶지 않았다.

좀 편하게 살고 싶었다.

그냥 남들만큼만 보통으로 살고 싶었다. 반들반들하게 눈에 띄고 싶었던 때도 있었지만, 내 그릇이 그렇지 못함을 일찍 알아버린 덕에 스스로 연마하고 자신을 다듬는데 게을렀다.

하지만 내 생각은 틀렸다.

보통처럼 살기 위해서는 보통 이상으로 치열해야 함을 뒤늦게 알았다. 이 책은 독하게 마음먹거나 치열해 본적 없던 내가, 멈췄다 가기를 반복하며 마침표를 찍어낸 결과물이다. 내일이라는 희망으로 내가 나에게 주는 선물일 수도 있겠다.

얼마 전 카페를 갔다가 한 남자를 보았다.

높이가 있는 테이블에 앉아있던 그는 커다란 파일을 펼쳐놓고 팔짱을 낀 상태로 파일에 가만히 눈을 두고 있었다. 주로 컴퓨터를 꺼내 놓고 일을 하는 사람들과 달라서 눈길이 갔던 나는 그 옆을 스윽 지나가다가 파일의 정체를 알아냈다. 악보였다.

오선지 위에 온갖 음표와 쉼표, 기호들이 뒤섞여있는 한눈에 보기에도 화려한 악보였다.

연주자였을까? 지휘자였을까? 작곡가였을까?

오래전 보았던 드라마의 강마에가 떠올랐다. "똥. 떵. 어. 리"라는 독설을 회자시켰던 바로 그 드라마 말이다.

카페에서는 늘 그렇듯 팝송이 흐르고 있었고, 사람들의 조용한 수다가 음악처럼 뒤섞여 있었지만, 그는 자신만의 세계에서 또 다른 음악의 선율을 그려내고 있었다.

음정 박자뿐만 아니었을 것이다. 책의 행간을 읽어내듯, 오선지 사이에 흐르고 있는 계절, 느낌, 시간과 공간이 머릿속을 채우고, 눈에 보이는 음표 사이에 숨어있는 보이지 않는 감정선까지도 읽어내려고 고심하고 있지 않았을까.

애써 악보의 행간을 살피는 남자의 마음이 되어 보았다. 정성스러운 고뇌가 느껴졌다. 내적 치열함의 순간이었으리라.

나이를 먹어가며 바라는 것이 있었다면 더 여유롭게, 부드러운 숨결을 가진 사람이 되는 것이었다. 하지만 살다 보니 나만의 잣대가 생기고, 고집이 생겼다. 마치 오선지에 그려진 선명한 음표들처럼 말이다. 백지 위에 춤추고 있는 까만 음표대로 오르락내리락거리느라 내 마음의 행간을 혹은 누군가의 마음을 놓치고 있었을 나를 본다.

글을 쓰면서 무엇보다 나의 삶과 말하기를 되돌아볼 수 있었다.

속엣말이 겉으로 드러나는 말이 되고, 혼잣말이 누군가와의 대화가 되고 관계가 되는 세상이다. 또 어떤 말을 하고 어떤 대화를 하느냐에 따라 나의 관계도가 달라지고, 나의 내일이 달라질 수 있다는 것. 우리는 그것을 잊지 말아야 한다.

마지막으로 기꺼이 내 곁에서 말벗이 되어줬던 가족과 친구, 많은 사람에게 고마움을 전하고 싶다. 특히, 언어적 유머와 임기응변을 인생 무기로 삼고 자랄 수 있게 한 부모님께 감사를 드린다. 늘 말소리가 끊이지 않아 사람 사는 냄새가 진동하고, 지나치게 심각하거나 진지하지 않아 가족 모두가 밥상머리 대화에 초대될 수 있었던 것은 가장 큰 축복이었다.

나의 세 아이에게 다 말하지 못한 내 인생의 장면과 속엣말들이 유언처럼 깊이 남기를 바라며…

2021년 가을 초입에

7

차례

나를 보호해야겠다. 내가 상하도록 두지 않을 것이다.
잘한 것은 칭찬해 주고 못 한 것은 격려해 주는 것이 내가 자신에게 먼저 할 일이
기 때문이다.

치유

뭣이 중헌디

●

·

    내게 2017년은 잊을 수 없는 한 해이다. 병원을 내 집 드나들 듯 오가며, 병원에서 새벽을 맞이한 것도, 내 발로 응급실을 걸어 들어간 날도 여러 밤이다.

    나는 그해 봄날, 치료가 필요한 병에 걸린 것을 알았고, 일도 육아도 내려놓고 치료에 집중할 수밖에 없었다.

    가슴 모양새가 이상하다 싶고, 멍울이 만져지는 것 같아 병원을 찾았다.

    "어떻게 오셨나요?"

    "유두가 자꾸 들어가고 가슴에 멍울이 만져져서요."

    의사는 걱정스러운 표정으로 말했다.

    "왜 그렇게 무서운 얘기를 하세요."

    함몰 유두와 가슴 멍울은 흔히 나타나는 유방암의 초기 증상이어서 내가 열거한 자가 검진 결과는 의사에게도 섬뜩했나 보다. 난 담백하게 대답했다.

"사실이니까요"

의사는 나를 눕혀 놓고 촉진을 했고, 이런저런 검사를 권유했다. 그리고 당일 검사 결과를 보더니 그 자리에서 바로 가슴에 바늘을 찔러 넣어 세포 검사를 했다. 빠르게 진행되는 검사 과정과 검사를 진행하는 의사의 얼굴로 보아 비관적이었다. 내가 암일 수도 있다는 확률이 높아지고 있었다. 결과는 일주일 후에 보기로 했다.

유방암이었다.

노랫말처럼 슬픈 예감은 틀린 적이 없다.

어두운 표정으로 결과를 전하는 의사는 항암을 먼저 하자고 했다. 그리고 나서 수술을 하자고 했다. 크기로 보아 전절제가 필요하다고 했다. 전절제는 가슴을 모두 도려내는 것이다. 복원은 힘들다고 했다.

항암이 뭔지 말로만 들었지 실제로 어떤 것인지를 몰랐던 나는 궁금한 것을 물었다. 항암은 힘들 것이라고 했다. 직장도 쉬어야 한다고 했다. 일을 할 수 없다는 말이었다. 가장인 내게 일을 하지 말라니…. 아득했다.

"밥은 할 수 있나요?"

"할 수는 있겠지만 힘드실 거예요. 항암하고 일주일은 옆에서 돌봐주시는 분이 있어야 할 겁니다."

내 손길이 필요한 아이가 셋이나 되고, 나는 엄마인데 밥도 할 수 없고, 누군가의 도움을 받아야 한다니 그림이 그려지지 않았다. 누가 나를 돌본다는 말인가. 아이들은 어쩌란 말인가. 살림은 어쩌란 말인가. 생활비는 어떻게 충당한다는 말인가.

그 흔한 보험도 깨고 없었다.

'설마, 내가 암에 걸리겠어?'라는 마음에 몇 년 전 보험을 정리한 탓이다.

'하필 내가 왜?'라는 원망은 없었다. 내겐 닥친 일을 처리하는 게 더 급했다. 아이들 케어와 치료, 그리고 어떻게 이 모든 상황을 정리해야 할지가 더 중요했다.

부모님이 아시면 걱정을 하실까 봐 그게 더 걱정되었다. 어떻게 말을 해야 할지…. 마침 부모님은 미국 갈 비행기를 예약해 둔 상태였다. 아시면 엄마가 안 가신다고 할 텐데, 계획된 일을 방해하는 훼방꾼이 될까 봐 싫었다.

나는 부모님께 말씀을 드리지 않고 병원 검사를 이어갔다. 병원을 옮겨 다시 검사하고 수술 날짜를 받았다. 옮긴 병원에서는 가슴 복원이 가능하다고 했다.

헤벌쭉 웃음이 났다.

수술할 병원을 최종적으로 결정을 하고, 결국 부모님께 내가 암 환자가 되었노라는 고백을 했다. 부모님 두 분이 가기로 했던 미국엔 엄마 대신 내 아이 둘이 동행했다. 그렇게 가족들의 도움 속에 나의 병원 생활은 시작되었다.

수술 후에 한 달의 회복 기간을 갖고 항암을 시작했다. 항암을 하며 나의 컨디션은 좋아졌다가 안 좋아지기를 반복했다. 항암은 그런 것이었다. 머리가 빠지고 눈썹이 빠지고 근육통에 반새 끙끙 앓고 면역력이 떨어지기를 반복했다. 입맛이 없어도 먹어야 했고, 한 계단 한 계단 오를 때마다 무거운 다리가 버거워 눈물이 찔끔 났다. 얼굴은 호빵처럼 부었고, 손톱은 까맣게 변했으며 발톱은 피가 뚝뚝 흐르다가 결국 빠져버렸다. 내 인생 중 가장 못생김을 걸치고 다니는 날들이었다.

그래도 사람은 만났다. 아프다는 소식을 듣고 병원으로 찾아오는 이도 많았고, 응원의 메시지를 보내오는 친구들도 있었다. 고맙고, 뭉클했다.

검사 때부터 늘 곁에 보호자처럼 있어 준 친구, 병상을 배우자처럼 지켜준 친구, 잔소리 담당 엄마에, 말벗이 되어주던 지인들. 한번 다녀가는 것도 시간을 내어야 하는 일인데, 몇 번이고 찾아주는 친구들이 있어서 행복한 환자 놀이를 할 수 있었다.

병문안을 가본 사람들은 알 것이다. 요즘은 꽃을 선물할 수 없다는 것. 입원해서 병문안을 받아 본 사람들은 알 것이다. 병으로 된 음료는 쌓이고 쌓여 퇴원할 때 짐이 됨을. 그래서일까. 요즘은 너나 할 것 없이 봉투를 주고 간다. 받는 사람 필요할 때 쓰라고 말이다. 받을 때는 민망하지만 쓰게 되는 순간엔 고마운 게 현금 아닌가. 병문안을 갈 때면 늘 먹을 것을 챙겨갔는데 생애 처음 입원한 환자가 돼 보니 현금처럼 고마운 게 없다는 걸 알았다. 게다가 일도 안 하는 백수인지라 용돈처럼 쥐여주는 봉투가 여간 고마운 게 아니었다. 내가 이렇게 받기만 해도 되나 싶을 만큼 많은 사람들의 보살핌을 받았으니 '나는 참 복이 많은 사람이구나.' 싶었다.

다녀간 사람들의 하나같은 말은 애들 걱정하지 말고 내 몸 하나만 챙기라는 것이었다. "밥은 할 수 있나요?"라고 물었던 나는 전남편의 도움으로 애들 밥걱정을 하지 않고도 요양을 할 수 있는 상황이 되었다. 덕분에 컨디션이 좋은 날에는 지인들 얼굴을 봤다. 그들 대부분은 밥을 사주었고, 나는 또 그렇게 맨입만 가지고 나가 얻어먹기가 일쑤였다. '상전도 이런 상전이 없고, 호사도 이런 호사가 없다.' 싶은 날들이었다. 나는 아프기만 하면 됐고, 기꺼이 견뎌내기만 하면 됐다.

나의 투병 생활은 주변 사람들 덕분에 수월했음을 안다. 눈썹이 다 빠져도, "내가 본 항암 환자 중에 젤 예쁘다."라고 말해주는 사람들이 있어서 덜 힘겹게 견딜 수 있었다.

망가진 모습에 속상해하는 내 모습을 본 엄마는 "그게 뭐가 중요하니? 건강만 회복하면 되지."하신다. 가슴 복원을 하려는 나에게 "그게 뭐가 중요하다고 고생해서 그걸 만들어?" 면박을 줬다. 엄마에게는 중요하지 않지만 내겐 중요한 일인데 말이다.

그깟 가슴이 뭐가 중요하냐고 하던 엄마는 내 눈썹이 다 빠지자 "요

씩씩한 항암녀의 속•엣•말

즘은 속눈썹도 붙이더라.”라며 등을 떠밀었고, 딸내미 손톱이 까맣게
되자 평생 매니큐어라고는 발라본 적도 없는 양반이 네일샵에 다녀오
라며 잔소리도 했다. 보이지도 않는 가슴은 중요하지 않다더니 눈에
뵈는 모양새는 신경이 쓰이셨나 보다.

한 번은 점심을 같이 먹고 헤어지려는 친구가 내 손에 봉투 하나를
쥐여준다.

“예쁜 모자 하나 사서 써.”

“지난번에도 줬잖아!” 손사래를 쳤다. 이미 병문안을 다녀간 친구
였다.

“뭣이 중헌디!”

이 말 한마디를 남기고 그녀는 멀어져 갔다.

‘뭣이 중헌디….’

제법 상한가를 찍었던 영화의 대사였다. 공포스럽고 괴기스러운
영화를 좋아하지 않는 터라 보지는 않았지만, 엄청난 패러디가 봇물
터지듯 쏟아져서 그 대사는 알고 있었다.

뭣이 중헌디….

그녀에게 나는 돈보다 중했나 보다.

듬성듬성 빠진 나의 자존심을 예쁜 모자로 덮어주는 그녀의 배려
에 울컥 눈물이 솟았다. 내가 중요하다고 말해준, 나의 속상함을 함께
아파하는 그녀가 너무도 고마웠다.

쓰담쓰담

항암 흔적이 손끝 발끝으로 스며든다. 평생 매니큐어라고는 발라 본 적 없는 엄마가 네일샵을 추천했다. 당신 보기에 아픈 딸의 병색이 확연하니 마음이 안 좋으셨나 보다. 그럴까 하다가 '환자가 그렇지 뭐.' 하고는 여름을 그냥 났다.

찬 바람이 불기 시작하고 발이 시려질 즈음 문득 발톱에 칠을 하고 싶어졌다. 여자 마음은 이랬다저랬다 하는 것이니 그냥 생각난 김에 하기로 했다. 보라색을 골랐다. 보라색을 좋아하면 '공주병이네, 어쩌네.' 하며 질타를 받던 어린 시절, 억지로 좋아하던 보라색을 굳이 다른 색으로 바꾸어 말했던 일이 생각나 피식 웃었다. 다른 생각을 하다가 실수를 했다. 실수한 발톱을 지운다. 보라색 옷을 입지 않은 원래 제 발톱이 나온다. 꼼꼼히 지우려다 보니 내 발톱을 정성껏 들여다보는 데, 예쁘다.

셋째, 그러니까 가운데 발톱이 예쁘다. 동그라니 적당한 각도와 눌리지 않은 듯 곧게 자란 길이도 그렇고, 적당히 예쁘다.

나이 마흔이 넘도록 몰랐다. 둘째 발톱이 납작한 것도 알고 새끼발톱이 못생긴 것도 알았지만 예쁜 발톱이 있는 줄은 몰랐다.

갑자기 궁금해졌다. 언제부터 예뻤을까? 어릴 적부터 예뻤나? 나는 왜 몰랐을까? 손톱처럼 예쁘게 생긴 발톱이 있었다는 걸, 나는 왜 여태까지 그걸 모르고 살았을까.

내가 나를 다 안다는 것은 거짓말이다.
죽을 때까지 나는 나를 모르다가 죽을지도 모른다.

잘하는 것도 하나도 없다고, 나는 왜 이 모양인지 모르겠다며 나의 허점과 미운 구석만 탓하는 일은 선수가 아니던가? 그러는 사이 내 예쁜 구석은 칭찬받지도, 격려받지도 못한 채로 묻혀 있었나 보다. 어디가 못생겼고 어떤 게 부족한지는 찾아내고 괴롭히면서 예쁜 구석은 사랑받지도 못하다가 보내버려야 할지 모른다. 하마터면 평생 그렇게 살다가 죽을 뻔했다.

어리석게도….

가까이 들여다볼 일이 없어서 무심했던 나를 탓하지 않기로 했다. 무심했던 그 마음을 토닥이며 그동안 보살피지 못한 만큼 더 아껴주겠

노라고 작은 다짐을 해본다.

　나의 단점과 못난 구석을 찾으려면 백 개도 넘는다. 그런데 반대로 좋은 점을 찾으려고 하면 망설여지지 않던가. 실제로 우리가 사용하는 단어에는 긍정적인 말보다 부적정인 단어의 숫자가 훨씬 많다고 한다. 그래서 쉽게 부정적이고 비판적일 말을 더 많이 사용한다고 한다. 하지만 말은 기운을 담고 있어서 말하는 대로 이루어지고, 말이 씨가 되는 원리를 잊지 않았으면 좋겠다.

　무엇보다 우리가 기억해야 할 것은 말에는 에너지가 있다는 것이다. 단어와 문장이 품고 있는 기운은 화자가 말할 때의 에너지가 고스란히 전해진다.

　에모토 마사루江本勝의 《물은 답을 알고 있다》라는 책을 보면 긍정과 부정의 말들이 어떤 영향을 미치는지 알 수가 있다. 긍정의 좋은 말은 물을 아름다운 6각형 결정체로 만들고, 부정의 나쁜 말은 물의 결정체를 일그러진 모양으로 만들었다. 이 외에도 식물, 밥알을 이용한 실험들에서도 결과는 모두 마찬가지였다. '사랑해, 고마워, 예쁘다.'라고 말하며 키운 식물과, '미워해, 싫어, 짜증 나.'라고 말하며 키운 식물의 성장이 확연히 다른 결과를 보이고, 그런 말을 들은 밥풀조차 구수한 누룩곰팡이가 되거나 검게 썩은 곰팡이가 된 실험들은 어렵지 않게 찾아볼 수 있다.

　말 한마디와 언어의 사용이 얼마나 중요한지 보여주는 예이니, 이런 사실을 잊지 말고 나 자신부터 말 습관을 되돌아봐야 할 것이다. 내가 자주 하는 표현들이 어떤 것이 있는지, 나의 말씨는 어떤지 잠시 생각해 보자. 그것이 긍정의 씨인지 부정의 씨인지도 더불어 생각해 볼 일이다.

우리가 하는 말은 차갑기보다는 따뜻한 온기가 있어야 한다. 부정이 아닌 긍정이어야 한다. 특히 사람을 향한 말이라면 더더욱 말이다. 거친 말은 부드럽게, 미운 말은 고운 말로 바꾸려는 노력이 필요하다. 우리 한 사람이 말 한마디로 좋고 나쁜 기운을 전하는 에너지 전도사가 될 수 있다는 사실을 명심해야 한다.

나는 다른 사람을 탓하기보다는 '내 탓이오.'가 익숙한 사람이었다. 사실 모든 결과는 나로 인한 것이기 때문이었다. 내가 결정했고, 내가 그리했고, 그래서 이렇게 됐으니 '그래 내 탓이다.'가 되는 것이었다. 내 맘 편하게 하자고 그리 생각했던 습관적인 사고의 패턴이라고 하는 게 맞을 것이다. 하지만 이제 나에게 온갖 화살을 돌리는 일은 멈추어야겠다.

미워하던 발가락을 다시 들여다본다. 유난히 길어서 신발을 신을 때마다 불편하게 만들던 가운뎃발가락. 지난여름 누군가 발가락에 반지 같은 것을 하는 걸 봤는데, 내 예쁜 발가락에도 끼워줘야겠다고 생각했다. 가끔 미워했던 것에 사과하는 선물이었으면 한다. 선물이 아니어도 이젠 예쁘다고 쳐다봐 줄 것이다.

나를 보호해야겠다. 내가 상하도록 두지 않을 것이다. 잘한 것은 칭찬해 주고 못한 것은 격려해 주는 것이 내가 자신에게 먼저 할 일이기 때문이다. 나를 토닥토닥하는 일보다 탓하고 원망하기가 늘 먼저였고 익숙했던 나였지만, 이제라도 쓰담쓰담하며 괜찮다고, 충분하다고 말해줘야겠다.

씩씩한 항암녀의 속·엣·말

기분 좋은 상상

영국의 총리였던 마거릿 대처Margaret Hilda Thatcher를 다룬 영화 〈철의 여인〉을 보면 이런 장면이 나온다.

"사람들은 왜 자꾸 내 기분을 묻지? 지금 내 기분이 어떤지를 묻지 말고 내가 어떤 생각을 하는지를 물어봐 줘." 냉철했던 그녀의 따끔한 한마디는 오래도록 여운이 남는다. 그랬던 그녀는 기분과 감정에 정말 둔한 사람이었을까?

기분은 어떤 이유로 좋았다가 다시 안 좋아지기도 한다. 아침에 좋은 기분이 저녁까지 이어지란 법이 없고, 아침에 언짢은 일이 있었어도 기분이 좋아지는 일이 생긴다면 우리는 또 금세 언제 그랬냐는 듯 활짝 웃을 수도 있다. 우리는 감정의 동물이니까. 나라면 누군가의 생각을 묻는 것보다 기분이 어떠냐고 묻는 것이 훨씬 편하게 들릴 것 같다. 그래서인지 생각하기보다 기분 알아차림에 익숙한 나는 대처처럼 큰일을 하지는 못했나 보다.

살면서 기분이 안 좋아지는 경험은 누구라도 있을 것이다. 조금 전까지는 나쁘지 않았는데 어느 순간 갑자기 기분이 상하는 것 말이다.

그냥 내 안에서 이러저러한 생각이 꼬리에 꼬리를 물다가 말 그대로 '생각해 보니 기분이 안 좋네.'라는 경우도 있고, 외부의 어떠한 자극으로 인해 기분이 영향을 받는 경우도 있다.

한번 기분이 안 좋다고 생각하게 되면 마치 소용돌이에 휘말려 들어가는 것처럼 계속해서 기분이 점점 더 안 좋아지고 헤어 나오기가 힘이 든다.

이런 기분은 낯빛에도 드러나고, 손끝의 움직임, 걸음걸이까지도 다르게 만든다. 그 시간이 몇 분이 될 수도 있고, 몇 시간이 될 수도 있다. 아니 심지어 며칠이 될 수도 있다.

생각을 해 보자. 안 좋은 기분이 다음날까지 이어진다는 것. 오늘 울면서 잠들었는데 내일도 울면서 일어난다면, 이것처럼 끔찍한 일은 없을 것이다. 울어본 사람들은 안다. 엉엉, 꺼이꺼이, 울음을 토해내고 나면 어딘가 가벼워지는 나를 만나게 된다는 것. 감정을 토해내고 나면 우리는 조금 살만하지 않은가!

복받치는 감정을 조금 덜어내거나 일상을 깨는 불편한 감정을 돌보는 것, 내가 나를 돌보는 첫걸음이다.

우리는 나의 감정을 수시로 들여다보고 집중하면서 스스로를 살펴야 한다. 기분이 안 좋은데도 그 이유를 모르고 '왜 기분이 별로지?'라며 원인을 알지 못하면 그 무겁고 칙칙한 기운에서 좀처럼 벗어날 수가 없다. 그러다가 시간이 흐르고 무거운 기운이 쌓이고 쌓이다 보면 정말 내가 왜 기분이 엉망진창이 되었는지 영영 알지 못하게 될 수도 있다. 감정은 케케묵도록 쌓아두면, 풀어내기가 더 힘이 든 법이다. 참고 눌러서 응집된 고약한 것이 되지 않으려면 내가 보호받고 존중받지 못했던 감정을 살펴야 한다.

사람은 저마다 어린 시절의 아픈 기억이 있다. 어릴 적 받은 상처가 문득문득 떠올라 목까지 울컥하고 무언가 올라와도, 다시 삼켜야 했던 기억. 그 기억들이 쌓여 결국 제자리로 돌아가기를 수없이 반복하지 않았던가? 어디 어릴 적 기억뿐이랴. 어른이 되어서도 감정에서는 자유로울 수가 없다. 말 한마디 눈빛 하나에도 우리는 빠르게 느낄 수 있다. 성격이 예민해서 느끼는 게 아니라, 상대가 몸으로 보내는 사인을 빛의 속도로 받아들이게 되어 있다. 그래서 괴롭다.

얼마 전 히트를 친 국민영화가 있다. 〈극한직업〉. 그 영화에서 마 반장이 조폭 중 한 명만 때리는 장면이 나온다. 그때 조폭이 불만을 얘기한다.

"왜 나만 때려요?"

"내가 너보다 못생겼다고 했지. 그때 내가 얼마나 상처받았는지 알아?"

말 그대로 지금까지 이런 코믹은 없었다. 이것은 액션인가? 휴먼인가? 우리가 얼마나 쉽게 말에 상처받을 수 있고, 상처가 분노로 변할 수 있는지 참 잘 표현한 장면이라는 생각이 들었다.

드러내어 쏟아 내거나 덜어 내야 하는 감정은 주로 오래된 고약한 것이기 쉽다. 하지만 그런 고약한 감정이 생기기 전에 수시로 보살피는 방법이 있다.

그것은 바로 전환하기.

기분과 생각의 전환을 하는 것이다.

감정의 골이 깊어지지 않게, 감정이 감정을 잡아먹지 않게, 내가 나다움을 잃어버리기 전에 기분과 생각을 전환하는 것이다.

그런데 이 기분과 생각을 전환한다는 게 쉽지 않다. 그래서 기분과 생각을 전환하기 전에 환경을 전환해야 한다. 다른 자극이 있어야 다른 반응이 생기기 때문이다.

내가 있던 곳에서 다른 곳으로 장소이동을 하거나, 음악을 듣는다거나 맛있는 것을 먹는다거나 내가 느낄 수 있는 오감에 자극을 줘야 한다.

백화점 문을 열고 들어갔을 때를 떠올려 보자.

잔잔한 음악이 흐르고 코끝에는 은은한 향이 감돈다. 조명은 지나치게 눈부시지도 어둡지도 않게 적당하고 어느 벽에도 시계는 없다.

이 모든 것이 고객을 오래도록 붙잡기 위한 치밀한 계산에 의한 것이라고 하지만 아무려면 어떠랴. 그곳에 들어서면 기분이 좋은 것을.

내가 말하고자 하는 것은 물리적 환경을 얘기하는 것이다. 각자가 좋아하는 그것.

나를 둘러싼 자극이 달라지면 그에 따른 반응이 달라질 수밖에 없고 내 안의 감정은 덩달아 달라지게 되어 있다.

한번은 차를 타고 이동 중에 큰아이와 묘한 감정싸움을 하게 되었다. 말싸움이었다고 하는 것이 맞겠다. 서로 기분이 나쁜 상태에서 아이를 내려주고 나도 기분이 몹시 상한 상태에서 차에서 내렸다.

그날은 마사지를 예약한 날이었다. 몇 달 만에 찾은 곳이라 그런지 직원은 반가운 얼굴로 맞아주었다. 탈의하고 눕자마자 내 얼굴에 미소가 흘렀다. 베드는 따뜻했고 편안한 음악이 흐르고 있었으며 직원은 상냥했다. 조금 전까지 얼굴을 구기며 네가 잘했니, 내가 잘했니 하는 문제로 기분이 나빴던 게 바보처럼 느껴졌다. 이렇게 좋으면 될 것을 나는 왜 굳이 화를 내고 속을 끓였을까 하는 생각이 들었다.

나는 지금, 이 순간을 즐기기로 했다. 바뀌지 않는 자녀의 모습으로 속이 썩고 화를 내기엔 내가 너무 아까웠다. 내 시간이 아까웠고 그로 인해 온갖 신경을 날카롭게 곤두세운 내 몸뚱이가 아까웠다. 침대에 누운 채로 짧은 시간 안에 생각이 정리되었다.

'그래, 너는 너고, 나는 나다. 내가 이렇게 속상한 걸 네가 알기나 하겠니? 그렇다면 내가 더 이상 전전긍긍할 필요가 없다. 너는 너의 인생

을 살아라. 나는 나로 살겠다.'

만약 그날 아이를 내려주고 내가 집으로 다시 돌아왔다면 어땠을까? 집에 오자마다 다시 지저분한 아이의 방을 보며 감정이 더 나빠졌을 것이다.

나는 아이를 계속 미워했을 것이고, 서운했을 것이고, 화가 더 났을 것이다.

한번 생긴 감정이 쉽게 사라지진 않는다. 그냥 조금 바꿔보는 것이다. 고개를 돌려 다른 곳을 향하면 다른 것이 보인다. 다른 생각을 하게 된다. 다른 마음을 먹게 된다.

이것이 전환의 힘이다.

나쁜 것에서 좋은 것으로, 어두운 곳에서 밝은 곳으로 생각을 전환하고 에너지를 전환하는 것은 너무나 중요하다.

그것이 나의 하루를 만들고 나의 내일을 결정하기 때문이다.

기운이 없는가? 좋아하는 음식을 먹어라.

오늘 하루 힘들었는가? 자기 전 좋아하는 음악을 들어라.

속이 답답한가? 절친에게 전화를 하라.

하루는 친언니의 눈물 이야기를 들었다.

"주말에 집에만 있었어. 너무 속상해서 눈물이 나더라고, 나도 왜 그런지 모르겠어."

"하루 종일 약국에 있는데 주말에 집에만 있으니까 답답하고 억울했구나."

그녀에겐 전환이 필요했다.

"언니가 하고 싶은 걸 해야지. 언니는 뭘 하면 기분이 좋아?"

"나? 난 경치가 보이는 카페에 앉아서 멍때리고 있으면 좋아. 그러고 있으면 편하고 좋더라고."

"그렇구나. 그럼 그걸 해! 매주 주말마다 늘 가던 곳도 좋고, 아님 뷰맛집 카페를 검색해서 이번 주는 여기 가야지 하고 딱 정해 봐! 어려운 거 아니잖아. 일주일 내내 약국에 처박혀 일한 언니에게 그 정도 선물을 해줄 수 있잖아."

그녀의 얼굴에는 미소가 번졌다.

무엇이든 하라. 몸의 에너지를 바꾸어줄 것이 필요하다.

불쾌한 냄새에 미간이 찌푸려지고, 좋은 향기에 표정이 밝아지는 것은 몸이 알아서 먼저 하는 일이다. 선한 것을 보면 선한 생각이 들고, 몸이 편하면 마음도 편해지게 마련이다.

좋아하는 것을 하라. 하고 싶을 것을 하라. 좋은 자극은 좋은 에너지를 만든다.

다른 것을 하라. 부정적인 것에 머물지 말고 그곳에서 벗어나라.

긍정적 전환은 새로운 기분을 느끼게 하고, 좋은 생각을 하게 하고, 선한 마음을 먹게 한다. 우리에게 필요한 것은 열 받음에 기름을 끼얹는 핫 버튼이 아니라, 속 차릴 때 들이켜는 냉수 한 컵처럼 온·오프를 가능하게 하는 쿨한 스위치이다.

느리게 걷자

●
·

　말로만 들었던 번아웃이 왔다. 몸뚱이를 과하게 쓴 탓이다. 주어진 일을 한다고 동분서주하다가, 해야 할 일이니 이를 악다물고 하다가, '이렇게 해서 내게 남는 것은 무엇이고, 돌아오는 것은 무엇인가?'라는 생각에 눈물이 났다. 몸뚱이는 하나인데 생계유지를 위한 돈벌이에, 가방끈 길게 만드느라 주경야독을 하고, 사춘기를 겪는 질풍노도 아이들 뒤치다꺼리에 몸과 마음이 지칠 대로 지쳐버렸다.

　'좀 쉬면 낫겠지.' 싶은 찰나에 마침 일도 없고, 이참에 푹 쉬어야지 싶었는데, 코로나로 인해 잡혀있던 강의와 행사들이 모두 취소되면서 쉼이 길어지는 일정이 되자 이내 맥이 빠졌다.

　번아웃이 가져온 것은 무기력이었다. 무엇을 딱히 해야겠다는 생각도 없고, 할 수도 없는 상태. 무기력은 몸과 마음에 동시에 스며들었다. 무기력은 마음의 감기라는 우울증을 데리고 왔다.

살다 보면 예기치 않게 마주하게 되는 우울한 기분. 우울감은 더 깊은 우울감을 낳아서 스노우볼 효과처럼 커져 버리기 마련이다. 그렇다면 불청객처럼 찾아오는 우울감과 무기력을 어떻게 다뤄야 할까?

무기력증을 극복한 나의 방법을 소개하고자 한다.

첫 번째, 먼저 무기력하고 우울한 기분이 들거든 초기에 빨리 나의 상태를 감지하는 것이 좋다.

'아, 내가 무기력하구나.'

'아, 내가 우울하구나.'

그리고 무기력함과 우울의 원인이 무엇인지, 어디에서 왔는지 알아내는 것이 중요하다. 아파서 병원을 가면 증상을 말하고 그에 대한 원인을 찾는 것과 유사하다. 증상은 감기 증상인데 원인은 폐렴일 때 감기약만 먹어서는 병을 키우는 꼴이 되는 것처럼 원인을 제대로 알아야 올바른 치료가 될 수 있다.

나는 마음의 원인을 찾을 때 비폭력 대화에서 말한 욕구와 연결해서 자신을 들여다볼 것을 권한다. 비폭력 대화는 마셜 로젠버그Marshall Bertram Rosenberg가 고안한 대화 방법으로 폭력적으로 변할 수 있는 견디기 어려운 상황에서도 인간성을 유지하도록 능력을 키워주는 대화법이다. 비폭력 대화는 약자로 NVCNon Violent Communication이라고 하는데, 사람들과 유대관계를 잘 맺고 연결의 대화법을 익히는 데 큰 도움이 되어 대화법을 배우고 싶어 하는 사람들에게 유익한 과정으로 추천하고 싶다. 나 역시 대화법에 관심이 많아지면서 비폭력 대화를 공부를 하게 됐는데, 실제로 대화 교육 시간에 자신의 욕구를 먼저 들여다보는 연습을 충분히 함으로써 자신의 상태를 들여다보게 한다. 이때 경험했던 나의 욕구가 무엇인지를 들여다보는 것과 나의 감정을 알아차리는 것은 마음이 일렁일 때마다 큰 도움이 되고 있다.

자신의 욕구를 들여다보는 것은 내면과 깊이 연결되도록 돕는다. 습관적으로 반응하며 바깥으로만 원인을 찾던 패턴을 바꾸고, 문제가 있는 상황을 자신 안으로 집중하게 하여 문제의 근본을 찾게 한다. 결국, 내면을 들여다보며 자신의 욕구를 찾는 것이 먼저란 얘기다. 이것이 익숙해지면 내가 왜 화를 냈는지, 내가 왜 불안했는지, 충족되지 못한 나의 욕구에 대해 빠르게 알게 됨과 동시에, 자신이 중요하게 생각하는 것이 무엇이고 필요한 것이 무엇인지 발견하게 된다. 그리고 이런 방법은 평화로운 마음을 유지하는데 무엇이 중요하고 필요한 것이 무엇인지를 알게 한다. 이것이 익숙해지고 나서 타인을 바라보면, 그에게도 소중한 욕구가 있음을 알게 되고 이해와 연민의 마음이 생기는 것을 경험하게 된다. 사람들은 저마다의 욕구가 있다. 개인적으로 더 중요하게 생각하는 것이 있을 것이고, 사람마다 충족되지 못한 욕구는 다르게 느낄 수 있다.

예를 들면, 2박 3일간 집에 혼자 있는 상황이 된다고 생각해 보자. 이때의 느낌을 물어보면 '편안하다, 자유롭다, 외롭다, 무섭다, 지루하다…'등 다양한 감정을 말할 것이다. 편안하고 자유롭다고 말하는 사람은 자유로움, 휴식의 욕구가 강한 것이고, 외롭다, 무섭다고 느끼는 사람은 관계와 안전의 욕구가 강한 것이다.

심리학에서 쉽게 쓰는 욕구needs라는 말을 좀 더 쉽게 풀면 '원하는 것'이라고 풀어보자. "나는 ~ 이 하고 싶어." "나는 ~ 을 하기를 원해."

이렇게 무엇이 하고 싶은지 내게 물어보면 된다.

쉬고 싶어, 먹고 싶어, 여행하고 싶어, 사랑하고 싶어.

단순하게 내가 원하는 것, 하고 싶은 것을 곰곰이 생각해서 알아내고 찾아내는 것, 그리고 충족되지 못한 것을 채워주는 것으로 무기력함에서 조금은 벗어날 수 있다.

두 번째, 가벼운 우울감은 장소를 바꾸는 것만으로도 어느 정도 날려버리는 효과를 볼 수 있다. 몇 년 전 봄날이었다. 마침 제주도는 유채꽃이 만발할 때였는데, 삼삼오오 유채밭으로 나들이 나온 사람들은 저마다 휴대전화를 꺼내 사진 찍기에 여념이 없었고, 나 또한 그랬다.

그러다 우연히 나이가 지긋한 아주머니들이 주고받는 얘기를 들었다.

"아이고, 집에 있을 때는 죽을 것 같더니 나오니까 좋네."

우울한 사람들은 대체로 움츠러든다. 공간을 옮기지 않고 한 장소에 있다. 집에 머무는 것이 가장 안전하기 때문인데, 오래도록 나만의 공간을 고수하는 것은 집을 '집구석'으로 만드는 일이 되는 것이다. 일본의 히키코모리引きこもり가 대표적 예가 되겠다. 공간의 폐쇄는 사고의 폐쇄로 이어지고, 밀폐된 공간은 경직된 사고로 이어진다고 하면

과장일까? 아무리 안전하고 좋은 내 집이라도 그 공간이 나를 행복과 먼 상태로 몰아간다면 잠시 공간을 옮겨볼 것을 추천한다.

장소를 바꾸면 다른 것이 보이고, 다른 것이 보이면 다른 생각을 하게 된다. 창문을 열어 환기를 시키면 신선한 공기를 피부로 느끼며 기분전환이 되듯 변화를 주는 것이 필요하다.

세 번째, 몸을 움직이는 것이다. 무기력이란 말 그대로 몸에 기운이 없는 상태, 그래서 마음도 덩달아 기운이 없는 상태다. 기운이 없으니 몸을 안 쓰고, 몸을 안 쓰니 기운이 더 없어지는 악순환의 고리를 끊으려면 움직여야 한다. 이불 밖으로 나가기 싫지만 이불킥을 하고 나오면 막상 해야 할 일이 보이고, 그렇게 몸을 움직이다 보면 또 다른 에너지가 생긴다.

이때 나를 위해 몸을 움직이면 좋다. 나를 위해 장을 보고 먹을 것을 만들고 예쁘게 한 접시 차려 먹으면 내가 이렇게 스스로 대접할만한, 대접받을 만한 충분한 자격이 있다는 것을 확인하는 기분이 든다.

누가 나를 극진히 대접해 주기를 바라기 전에 내가 나를 귀하게 대하는 연습을 하다 보면, 먹는 것도, 입는 것도, 나의 시간도, 온통 소중해지기 시작한다.

내가 가치 있는 사람임을 확인받고 싶다면 나를 귀하게 대접하자. 한 끼를 먹어도 예쁜 그릇에 담고, 커피 한잔을 마셔도 나를 위해 음악을 틀어보자.

네 번째, 생각을 바꾸고 선언한다. 나는 '우울하니까 우울해.'가 아니라 '나는 우울해지고 싶지 않아. 나는 무기력에서 벗어나겠어!'라는 선언을 하는 것은 매우 중요하다. 어떤 사람의 상태를 두고 '어떻다'라고 꼬리표를 다는 것을 라벨링이라고 하는데, 우리는 그런 라벨링에 익숙해지고는 한다. 엄마는 나를 보고 늘 '게으르다'라고 하셨는데, 나는 그 게으름이라는 라벨링을 '여유 있음'으로 바꾸었다. '난 단지 하고 싶지 않은 일에 시간을 덜 썼을 뿐이야. 나는 게으른 게 아니고 행동이 조금 느릴 뿐이야.'라고 말이다. 물론 합리화일 수 있으나, 살면서 이 정도 내 편 들기 합리화는 정신건강에 좋다.

그리고 할 수 없는 것, 바꿀 수 없는 것이 아닌 나의 주도성으로 바꿀 수 있는 것을 하기로 마음먹는 것이다. 이럴 때 다이어리를 사용하면 좋다.

목적 지향적인 사람이면 해야 하는 일의 중요도를 적고, 관계 지향적인 사람이면 사람들의 이름을 적는다. 나는 목적 지향적 사람이 아니고 관계 지향적인 사람이어서 이 두 가지를 모두 적었다. 먼저 해야 하는 일을 하나 적어두고 그 밑에 사람들 이름을 적어나가기 시작했다.

예를 들면 이런 것이다. '책 쓰기'가 목표라면, 목표를 이루었을 때 '누구에게 가장 먼저 보여주고 싶은가' 였다. 하나둘 가까운 사람들의 이름부터 적어나갔다. 부모님과 나이 아이들, 그리고 주변에 나를 아껴주는 사람들의 얼굴이 떠올라서 계속해서 적었다. 책이 선물이 될 만한 사람들의 이름이 쌓여갔다. 그리고 한참을 쓰다가 더는 딱히 떠오르는 사람이 없게 되었을 때, 그 순간 하나 떠오르는 사람이 있었다. 그 사람은 바로 나.

내가 가장 좋아할 것 같았다. 그래서 맨 위에 '나'라고 적었다. 타인에게 인정받으려고 애쓰는 노력보다 가치 있는 것은 내가 나를 인정할 때니까. 목표를 이루어야 하는 이유가 충분하고도 넘쳤다. 나를 위한 움직임이 최고의 동기부여가 될 수 있다면 발걸음에 힘이 들어가고 에너지가 솟을 것이다.

모든 것이 귀찮을 때가 있다. 한다고 하는 데도 딱히 나아지는 것이 없는 것 같아서 그냥 차라리 아무것도 안 하고 싶을 때가 있다. 그 말은 내가 무언가 많이 애쓰고 어려운 시간을 보내왔다는 얘기다. 잘한 것이 없는 것이 아니라, 엄청 기특하게 노력하고 몸부림쳤다는 말이다. 그러니 널브러지고 싶을 때가 오거든 온몸에 힘을 다 빼고 잠시 쉬어가도 괜찮다.

그러다 보면 스멀스멀 마음속에 물음표가 올라올 것이다.

난 누구이며, 여긴 어딘가? 어떻게 살 것인가? 내가 원하는 것은 무엇인가?

그때가 나와의 대화를 시작하기 최적의 시간이다.

씩씩한 항암녀의 속•엣•말

내가 니 편이 돼줄게

●

·

　라디오 진행자가 청취자의 마음을 사는 법 중 하나는 '무조건 편을
들어준다!'이다.
　당신이 맞다고, 얼마나 힘드냐고, 잘했다고, 괜찮다고.
　사실은 우리 모두 누군가에게 듣고 싶어 하는, 격려의 말이고, 응원
의 말이고, 위로의 말이 아니던가. 나는 아낌없이 그것을 했다.

　한번은 이런 문자가 도착했다.
　"저녁에 뭐 먹죠? 오늘은 밥하기 정말 싫은데요."
　이 문자에 나는 거침없이 이런 멘트를 했다.
　"라면 드세요, 짜장면은 어때요?"
　내 멘트는 더 이어졌다.
　"학교에서 공부하다 온 아이들과 직장에서 일하다 온 남편에게 라

면 먹이는 게 너무 성의 없어 보일까 봐 미안한 마음이 들기도 하겠지만요, 우리가 매일 라면 먹자는 거 아니잖아요. 다른 때 잘하잖아요. 그런 양심의 가책 같은 건 접어 두자고요. 뭐 어때요, 다 그럴 때 먹으라고 있는 거 아닙니까? 하기 싫을 때 억지로 밥하면 그게 맛이 제대로 나겠어요?"

'밥하기 싫다.'는 주부의 편을 들어줬더니 뜨거운 반응이 올라왔다. 그날 저녁 라면과 짜장면으로 저녁을 드신 분들이 여럿 있으리라.

내가 청취자의 편을 들어준 건 '무조건 편을 들어줘야지.' 하는 마음에서 시작된 것은 아니다.

편을 들기 전에 그분의 상황을 그려보고, 그 마음을 상상해 보는 것이다. 학교와 직장에서 일 마치고 돌아오는 가족들에게 따뜻한 밥을 해 먹여야 '좋은 엄마'이고, '좋은 아내'라는 사회가 만들어낸 멋진 그림. 그 멋진 그림을 가지려고, 제법 근사해 보이는 가치에 부응하려고 싫어도 괜찮은 척 저녁상을 차려야 하는 우리네 많은 주부들. 그 마음도 충분히 이해하지만, 하루쯤 너무 귀찮은 그 마음도 충분히 이해하기 때문이었다.

왜? 나는 주부니까! 나 아니면 쫄쫄 굶을 식구들을 위해 손이 닳도록 삼시 세끼 밥을 해대 봤으니까! '뭐 먹지?'하고 매일 같은 고민을 해 봤으니까. 나도 '오늘은 정말 밥하기 싫은데.'라고 여러 번 말해 봤으니까.

한마디로 폭풍 공감했기 때문이다.

최고의 공감은 같은 입장, 같은 상황이 됐을 때 가능하다. 동병상련이라 하지 않았던가! 같은 병을 앓아봐야 그 아픔을 알고, 같은 시련을 겪어봐야 그 고통을 안다.

그럼에도 불구하고 같은 아픔을 겪지 않아도 내 것처럼 아파하고 걱정하는 사람들이 있다. 공감력이 탑재된 사람들이다. 바라만 보는 것에서 끝나는 게 아닌 상상 속으로나마 그 사람의 입장이 되어보는 것. '나라면 어땠을까.' 하며 깊이 그 상황을 이해하는 것. 그 상황에서 '나라면 안 그랬을 텐데.'가 아니라, '그럴 수도 있겠다.'나라도 그랬겠다!'가 되어보는 것. 깊은 공감의 시작은 고개 끄덕임이 아닐까.

공감의 힘은 사람 사이의 거리를 좁히는 힘이 있다. 사람과 사람 사이를 묶어 놓는 끈끈하고 강력한 그 무언가가 있다. 라디오라는 매체는 시선을 마주치는 일도 아니고 손을 마주 잡을 수 있는 방법도 없다. 어깨를 토닥여 줄 수도 없고 쓰담쓰담도 할 수 없다. 한마디로 물리적인 터치와 자극은 없다는 얘기다. 하지만 단지 주파수를 타고 소리만으로 전달되는 말 한마디가 엄청난 힘이 되는 것을 여러 번 경험했다.

말로 하자. 공감하고 있다는 신호를 말로 표현하자.

힘이 되는 말을 하자.

잘하고 있다고, 괜찮다고, 당신이 맞다고 얼마나 힘드냐고, 괜찮다고.

아낌없이 그것을 하자.

혼자 남아 있는 것 같을 때 내 편이 돼주는 사람. 우리는 그런 한 사람이 필요하지 않은가. 그리고 나 역시 누군가에게 그런 사람이 되어주어야 한다. 그때 필요한 것이 위로이고 공감일 것이다. 이렇다 저렇다 하는 걱정과 비판은 잠시 접어두고 있는 네가 잘못한 게 아니라고, 네가 옳았다고 같은 편이 되어서 말해줄 수 있는 사람. 우리는 그런 사람이 몹시도 절실하다.

너의 목소리가 들려

청각이 유독 발달하지 않아도 전화기 너머로 들려오는 누군가의 목소리를 듣고 상대방의 상황을 알아채거나 감정을 읽을 수 있는 것은 생각보다 어렵지 않다. 자다 깨서 전화를 받으면 어디가 아픈지 묻고, 울고 난 목소리로 전화를 받으면 영락없이 무슨 일 있냐고 물어오는 사람들. 직접 눈으로 보지 않고도 마치 사람을 보고 있는 것처럼 정확할 때, 촉이라는 신묘한 힘을 느끼곤 한다.

오래전 라디오를 진행할 때였다. 가수이면서 MC인 임백천 씨와 인터뷰를 하게 되었다. 인터뷰는 전화상으로 이뤄졌고, 미리 준비한 질문지 중심으로 녹음을 하는 방식이었다. 인터뷰 전에 서로 가볍게 인사만 하고 대본 없이 이루어진 대화였는데, 워낙에 방송에 베테랑인 분이라 답변에 대해 걱정할 것이 없다고 생각했지만, 오히려 내가 약

간의 긴장을 했었나 보다. 물 흐르듯 대화가 이어져야 했는데 긴상이 되었는지 그만 버벅거렸다. 혼자 남몰래 당황하고 있는데, 부드러운 목소리가 전화기 너머 들려왔다.

"방송이 할수록 힘들지요?"

"아, 네…."

몇 년째 생방송을 매일 하면서 쌓인 내공으로 느닷없이 들어오는 초대가수들의 인터뷰쯤이야 준비된 대본 없이도 척척 해내던 나였다. 전화녹음도 늘 하던 일이었는데, 왜 그날은 더 긴장되었는지 모르겠다. 아마도 더 잘하고 싶었던 모양이다. 베테랑 방송인에게 기죽지 않고 싶었나 보다. 그런데 막상 전화가 연결되니 생각한 대로 여유가 생기지 않았다. 심리적 부담이 입술 끝까지 올라와서였는지, 생방송도 아닌데 난데없는 긴장을 하고, 방송계 대선배님의 카리스마에 주눅이 들었다는 게 맞을 것 같다.

내심 고맙고 감동적이었던 건 말 한마디의 토닥임이었다. 나의 긴장을 모른 척할 수도, 알게 모르게 쥐어박을 수도 있었을 텐데, 더 넓은 아량으로 헤아려주는 마음이 느껴져 고맙고 따뜻했다.

방송인 이금희 씨의 경우는 TV 프로그램과 라디오를 진행할 때의 느낌이 조금 다르다. 예전 아침마당이라는 프로그램에서는 주부나 어르신들을 상대해서 그런 건지 좀 더 차분한 편이고, 라디오 진행은 말의 속도가 조금 빠른 감이 느껴질 정도로 경쾌한 느낌이 있다. 물론 내레이션을 할 때는 또 그에 맞는 느낌을 전하는데, 자신의 음색을 누구보다 잘 알고 있는 전문가라는 생각이 든다.

타고난 목소리인 음색이 좋은 것과 말의 어조인 말투가 좋은 것과는 차이가 있다. 예를 들면 영화 <광해>에서 배우 이병헌 씨가 왕을 연기할 때와 광대를 연기할 때의 다른 점을 보면 된다. 1인 2역을 맡았던 그의 연기는 누가 뭐래도 감탄을 자아낼 수밖에 없었는데, 이때 역할에 따라 바꾼 것은 음색이 아닌 말투였다. 근엄한 임금을 연기할 때의 중후함과 저잣거리 광대의 가벼움을 표현하던 목소리와 말투는 걸음걸이며 자세와 함께 손바닥 뒤집듯 달라졌다.

음색과 말투가 둘 다 좋으면 금상첨화다. 마치 임백천 씨처럼 말이다. 그런데 그 둘을 동시에 갖기란 쉽지 않다. 특히 음색을 바꾼다는 것은 정말이지 어렵다. 그래서 사람들에게 목소리로 좋은 인상을 주고 싶다면 음색을 바꾸려고 하기보다는 말투를 바꾸라고 하고 싶다.

내 말투가 어떤지를 보려면 말의 빠르기가 어떤지, 말끝을 어떻게 하는지 알아야 한다.

먼저 말의 속도가 빠르면 성격이 급해 보이고(실제로 성격이 급한 사람들이 말이 빠르기도 하다) 촐랑거려 보인다. 반대로 말이 느린 사람들은 여유가 있어 보인다. 주의할 점은 말이 너무 느리면 답답해 보일 수 있다는 것이지만, 늘 빠르기만 하고 늘 느리기만 한 것이 아닌 말 속도의 완급조절을 함으로써 잘 들리면서도 지루하지 않게 말을 할 수 있으면 가장 좋다.

다음으로 말투를 바꾸려면 어미에 주의해야 한다. 말끝을 톡톡 끊 듯이 말하면, 젊은 사람들처럼 생동감 있고, 명랑하게 보일 수는 있지 만 조금 가벼워 보일 수 있다는 단점이 있다. 그렇기 때문에 습관이 되어버린 말투 하나로 만나는 사람들에게 성격을 보여주고 다닌다는 게 맞는 표현일 것이다.

자신의 성격은 잘 알고 있으면서 말투는 모르고 있는 사람들. 사람들이 성격을 고칠 수 없다면 말투를 고쳐보는 것도 엄청난 이미지메이킹 효과가 있다는 사실을 알아야 한다.

한번 각인된 첫인상을 바꾸는 데는 60번의 만남이 필요하다는 연구결과도 있었다. 그만큼 첫인상이 중요하다는 말일 텐데, 그중 목소리가 차지하는 비율이 38%나 된다고 하니, 목소리만 바꿔도 첫인상이 좋을 수 있다는 논리가 적용된다.

그러니 나의 말투를 점검해 보고 내 목소리에 책임을 질 일이다. 나는 그런 뜻으로 말한 게 아닌데 하고 말해도, 말투가 퉁명하거나 딱딱하다면 오해의 소지가 크다. 말끝을 유난히 톡톡 쏘듯 짧게 끊거나 튕기듯이 말하는 것은 좋지 않다. 오죽하면 '땡벌 쏘아붙이듯 한다.'고 할까. 재미있는 것은 집안 식구들끼리 은연중에 말투도 닮는다는 거다. 누가 잘 쏘나 내기를 하듯, 혹여 질세라 더 퉁퉁대고 더 틱틱대려는 것처럼 핑퐁이 오간다. 그러니 식구들끼리는 모를 수도 있다. 친구나 다른 사람에게 물어서 내 말투를 한 번쯤 확인해 보자.

씩씩한 항암녀의 속•엣•말

나의 기분을 표현할 때도 목소리는 정확하게 쓰이곤 한다. 어쩌면 말이 하고자 하는 내용 이상의 것을 담고 있을지도 모른다. 퉁명스러운 목소리로 아무리 미안하다고 말해도 진심이 전해지지 않는 것처럼, 묻는 말에 마지못해 귀찮은 듯 던져버리는 말은 부정적으로 전해진다. 그러니 오해받지 않도록 진심을 진하려면 고운 말투를 입어 보자.

　단 한 번의 전화 인터뷰로 나는 한 사람을 정확하게 기억한다. 그것도 아주 좋게 기억한다. 목소리만으로 그 사람의 따스한 성품과 인격까지 가늠하면서 말이다. 나는 어떤 사람으로 기억되고 싶은가 생각해 볼 일이다. 사람들에게 제법 괜찮은 사람으로 기억되고 싶다면 보이는 것뿐만 아니라 들리는 것도 한 번쯤 고민해 보길 바란다. 목소리로 먹고사는 사람이 당부하고 싶은 인생꿀팁이다.

나 이런 사람이야!

당신에게 누군가 당신이 가지고 있는 매력 세 가지를 느닷없이 묻는다면 어떤 대답을 하겠는가? 잠시 진지하게 생각해 보길 바란다.

이 질문은 내가 스피치 강의를 하면서 묻는 실습용 질문이다.

'나의 치명적인 매력'을 주제로 세 가지를 정리해 말하는 시간이 있는데, 이 주제를 던지면 다들 난감한 표정이다.

"어…. 세 가지나?" 그러면서 질문이 하나둘 들어온다.

"선생님, 꼭 세 가지를 해야 하나요?"

"선생님, 제가 매력이 있긴 한데, 치명적이지는 않은데요."

"선생님, 저는 매력이 별로 없는데요."

그러면 나는 이런 말로 성심껏 도와 드린다.

"지금 당장 휴대전화로 나의 가까운 그 혹은 그녀에게 물어보세요 문자를 하셔도 좋고요, 톡도 좋고요."

그러면 다들 그렇게 한다. 진지하다. 난 그 모습이 좋아 빙긋이 웃는다.

그리고 다시 이런 말로 도와 드린다.

"매력을 상점으로만 생각하시는 분들은 이 주제가 어렵게 느껴지실 거예요. 하지만 매력이라는 것은 남보다 잘난 것, 훌륭한 것을 말하는 게 아니고 '나만의 독특한 그 무엇'입니다. 단점도 상관없어요. 나만의 차별화된 그 무엇, 그래서 끌리는 그 무엇! 사람들이 알고 있을 수도 있고 나만 알고 있을 수도 있습니다. 그걸 찾으세요!"

매력의 매자는 도깨비 매魅라고 한다. 도깨비가 어디 예쁜가, 잘 생겼나, 아, 드라마 속 도깨비는 잘생겼더라. 저승사자도 엄청난 미남이더라. 잠시 그 환상적인 드라마 속 찬란한 도깨비는 잊고 동화 속 해학적이고 전통적인 도깨비를 생각해 주길 바란다.

딱히 오래도록 보고 싶을 만큼 잘생기거나 멋지지 않아도 어딘가 끌리는 그것. 그것은 도깨비방망이 때문이 아닐까. 아무도 갖고 있지 않은 도깨비만의 요술 방망이 말이다. 너도 갖고 있고, 나도 가진 그것은 매력적이지 않다. '자세히 보아야 예쁘다. 오래 보아야 사랑스럽다.'라는 나태주 시인의 시처럼 눈에 확 들어오지 않아도, 보면 볼수록 빠져들게 만드는 그런 매력이 분명 누구나 존재하는 것이다.

'나의 치명적인 매력 세 가지'라는 주제를 받아 들고 당황하던 교육생들은 3분 스피치를 하면서 점점 표정이 좋아진다. 고개를 끄덕여 주고 박수를 쳐주고, 모두가 가진 매력을 다 함께 알아가면서 자신을 더 사랑하게 되는 것이다. 한마디로 자아 성찰의 시간을 갖게 되는 것이다. 시간이 끝나면서 한마디씩 한다.

"내가 이렇게 매력이 있는 사람이었군요!"

우리는 자신의 매력을 모를 때가 많다. 다른 사람에게서 듣곤 할 때 "제가요?" 하며 어깨가 으쓱해지기도 하고 '진짜 그런가?' 의문이 들기도 한다.

내가 하는 일이 흔한 직업은 아니어서 사람들은 조금 부러운 눈으로 바라보거나 "멋있어요!"라고 말해주는 사람들을 가끔 만나는데, 사실 나는 잘 모르겠다. 내겐 그냥 일이기 때문이다.

사람들은 흔하지 않은 직업이 조금 남다르게 보이나 보다.

그런데 나도 은행에 근무하는 사람들이 멋있어 보인다. 어떻게 그 숫자들을 오차 없이 다루는지 빠르고 정확함에 경외감마저 느끼곤 한다. 실제 은행에 가면 직원들에게 턱을 들이대고 말한다.

"부러워요!"

진심이다. 내게는 한없이 약점인 그것을 강점으로 가진 사람들을 보면 마냥 멋있어 보인다.

하지만 언제까지 부러워만 할 것인가? 타인에게 돌렸던 눈을 내게 돌리고, 내게는 마냥 빡빡하게 들이댔던 잣대를 내려놓자. 허당의 모습조차 사랑스럽게 보자면 마냥 매력 있지 않은가. 우린 이런 걸 반전 매력이라고도 부르니 남들이 생각지도 못한 의외의 그것을 찾아보기로 하자.

라디오 생방송 중에 가끔 실수를 한다. 스튜디오 밖은 난리가 났는데 열려있는 마이크에 대고 말한다.

"아이고, 제가 또 실수했네요. 인간적이죠? 제가 딱딱 떨어지게 너무 완벽해 봐요. 부담스러우실걸요? 그러니 '아, 저 DJ 좀 허당이네!'라고 생각해 주세요."

이런 뻔뻔함이라니! 바로 그거다. 자신감만큼 매력 있는 것도 없다. 나 역시 자신감이 충만한 사람은 아니지만, 자신의 매력을 찾아보면 또 그럭저럭 내가 제법 괜찮은 사람처럼 느껴지곤 한다. 움츠린 어깨보다 쫙 편 어깨를 하는 사람이 눈에 잘 들어오듯이 당당함과 자신감은 요즘 세상에 충분히 매력으로 다가올 수 있다.

독자들도 내가 가진 매력 3가지를 지금 당장 생각해 보길 바란다. 생각만 하지 말고 종이에 적어 보자!

왜 그런지 이유도 생각해 보자. 갑자기 내가 마구마구 더 사랑스러워질지도 모른다. 그리고 그 사랑스러운 이유는 온통 당신 때문이니 한 순간도 잊지 말지어다!

'나 이런 사람이야!'라며.

나를 지키는 것은 나 자신을 아끼는 것에서 시작한다.
내가 나를 귀하게 여기고 아낄 줄 알아야 다른 이에게도 대접받을 수 있다.
타인을 존중하듯 나를 위하고, 나를 위하듯 타인을 존중하자.

상처

자존감이 뭐예요?

지금은 흔한 말이지만 예전에는 '그런 말이 있었나?' 싶은 단어가 있다. 요즘은 자기계발이나 육아에도 필수가 되어 버린 그것. 바로 자존감이다. 생각해 보면 자존심은 흔했지만, 자존감은 낯선 것이었다. 세월이 만든 아니, 시대가 발견한 단어가 아닐까?

자존감self-esteem의 사전적 정의는 스스로 품위를 지키고 자기를 존중하는 마음이라고 되어있다. 다시 말해, 자신을 스스로 존중하는 것이라고 할 수 있다.

누군가 '당신의 자존감 지수는 얼마인가요?'라고 묻는다면 어떻게 대답을 할지 궁금해진다. 아마도 많은 사람들이 잠시 호흡을 가다듬으며 시간을 벌며 생각하려고 하지 않을까. 나를 정확히 알고 거침없이 대답하기란 생각처럼 쉬운 일이 아니니까 말이다. 그렇다면 아이를 가진 부모에게 다시 한번 질문을 해보겠다. 많은 부모의 대답은 아마도 '내 아이는 자존감이 높은 아이로 자랐으면 좋겠어요.'라는 대답을 하게 될 것이다. 세상 어느 부모도 '내 아이는 자존감 따위는 없이 자랐으면 좋겠어요.'라고 말하지는 않을 것이기 때문이다.

　대부분의 부모는 아이의 자존감을 키워주려고 노력한다. 나 역시 그랬다. 덕분에 우리 아이들은 자존감 하나만큼은 건강하게 잘 자라고 있는 것 같아 다행이라는 생각이 들곤 하는데, 내가 특별히 내 아이의 자존감 키우기에 집중한 이유는 다름 아닌 나의 결핍을 보상받으려는 보상심리가 작용한 것이었다. 바닥을 치는 자존감에 존재감 없이 자랐던 성장기를 내 아이에게는 물려주고 싶지 않았던 것이다. 결핍은 필요를 부르고, 필요는 노력을 이끌었다.

　2남 2녀의 첫째인 언니는 공부를 잘했다. 둘째인 오빠도 공부를 잘했다. 셋째인 나는 뭐 그냥 그랬다. 보통보다 잘해도 그건 잘하는 게 아니었다. '전교 1등이네, 2등이네' 하는 언니랑은 감히 비교조차 할 수가 없는 것이다. 막내는 못 해도 상관없다. 낳기도 전부터 할머니 사랑을 독차지한 막내는 아들이다. 그런 집에서 못난이 딸로 자라기란, 말하면 입만 아플 일이고, 시퍼런 멍을 건드려 통증만 더하는 일이니 말을 아끼는 게 낫겠다. 그냥 개밥에 도토리라는 표현이 딱 맞을 것이다.
　시부모님께 완벽한 며느리였던 엄마는 늘 부지런했고, 돈 버는데 선수였고, 자식에겐 의무적이었다. 밥해 주고, 입혀 주고 우리 세대의 엄마가 그렇듯 헌신적이었다. 그런 엄마도 벅찰 때가 있었으리라. 무언가 안 풀리고 속상한 날이 있었으리라. 그럴 땐 셋째 딸이 제일 거슬렸나 보다. 행동이 느려터진 나는 엄마 속을 터지게 했다.

엄마는 속이 터지면 소리를 질렀다. 그러다 가끔 매를 들기도 했다. 난 그 자리에 꼼짝 않고 매를 얻어맞는다. 엄마는 도망도 안 가고 맞고 있다고 속이 터진다며 더 붉으락푸르락하셨다.

잘못해서 매를 벌었으니 응당 맞아드려야 하는 게 죗값을 치르는 길이라는 생각은 어린 나의 소신이었다. 내가 맞아서 엄마 분이 풀리면 그 자리에서 맞아야 한다고 생각했다. '전설의 고향'을 너무 많이 본 탓일까? 종아리를 맞고 물볼기를 맞아도 그 자리를 지키는 죄인처럼 말이다. 그렇게 나는 착한 아이였지만 여전히 매를 벌었다.

그러다 결국 엄마 입에서 참지 못한 말이 튀어나온다.

"뒷산 호랑이는 저것도 안 잡아먹고 뭐 하나 몰라."

'뒷산 호랑이….'

실제로 우리 집 뒤엔 뒷산이 있었다. 호랑이가 살만한 곳이다. 엄마는 내가 호랑이 밥이 되길 바란 거다. 내가 사라졌으면 한 거다. 그것도 호랑이에게 잡아 먹혀서.

엄마는 나에게만 그 말을 했다. 언니 오빠 동생에게 그런 말을 하는 걸 들어본 적이 없다. 나만 우리 집안의 미운털이었다.

알고 있다. 그 마음이 진심이 아니라는 것. 그냥 내뱉은 말이었고 홧김에 그랬다는 것. 하지만 열 살 안팎의 어린아이에겐 분명 크게 상처가 되는 말이었다. 수십 년이 흐른 지금도 이렇게 선명하게 기억하고 있으니 말이다.

그 후로 나는 뒷산 근처에도 가지 않았다. 호랑이가 살고 있을 것이기 때문이다. 허기진 호랑이에게 살냄새라도 흘렸다가 엄마가 말한 것처럼 될지도 모를 터였다. 덕분에 나는 아직 이렇게 목숨을 부지하고 있다. 구박은 받았어도 내 목숨 보전하는데 일가견이 있으니 충분히 강인하다 하겠다.

하지만 자존감은 바닥이다. 부모의 애정을 받지 못하고 자란 유년기는 정서적 결핍을 낳았고, 정서적 결핍은 자존감의 부재로 연결됐다. 사랑을 받아 보지 못한 아이는 본인이 부당한 대접을 받아도 무엇이 잘못된 건지 알지를 못하게 되니 고질적 악순환으로 이어졌다.

내가 소중한 존재임을 알지 못했던 나는 자신을 아끼는 방법을 몰랐고, 모른 채로 어린 시절을 보냈다. 그리고 그것은 어느 것 하나 달라지지 않고 성인이 되어서도 이어졌다. 천성이 순해서 그런가 보다 했지만, 지금 생각해 보니 자존감이 없었던 거였다. 귀한 대접을 받아 보지 못하니 노예근성이 생겼다고나 할까. 부당해도 부당함을 모르고 억울해도 억울함을 모르는 거다.

어린 시절 나는 착한 아이 콤플렉스가 있었던 것 같다. 착한 아이는 성장하면서 그대로 착한 여자 콤플렉스로 이어졌다. 결혼 후에도 착한 여자 콤플렉스는 착한 아내가 되어야 한다는 강박관념으로 이어져 살았던 것 같다. 착해야 사랑받을 수 있었던 내 어린 시절처럼, 성인이 되어서도 착해야 사랑받을 수 있을 것 같았다.

하지만 사랑은 그런 게 아니지 않은가? 착하고 순해서 사랑하는 것이 아니라, 있는 모습 그대로 포용할 수 있어야 사랑인 것을 그때는 알지 못했다. 나의 어른은 마치 일란성 쌍둥이처럼 유년 시절의 유치함을 닮아있었다.

유치함을 벗어내는 데는 큰 고통이 따랐다. 당연한 과정인지 모르겠지만 학습되지 않은 자존감을 키우는 데는 혹독한 값을 치러야 했다. 아픈 만큼 성숙해진다던 가사처럼 처절히 아프고 얻은 것은 인생을 피해가지 않고 살아내는 방법을 딱 필요한 만큼 알게 된 것이다.

내가 나를 지키는 것은 내가 나를 아끼는 것에서 시작한다. 내가 나를 귀하게 여기고 아낄 줄 알아야 다른 이에게도 대접받을 수 있다. 나만 중요하다고 말하자는 게 아니다. 모두가 소중하고 중요하다는 걸 말하고 싶은 것이다. 다시 말하면, 우리 모두가 소중하니 나를 존중하듯 타인을 존중하고, 타인을 존중하듯 나를 위하자는 말이다. 그게 자존감의 시작이요 종착지가 아닐까?

사랑보다 깊은 상처

누군가가 아무렇게 던진 말에 마음이 상했다. 둘러앉아 나누던 대화에 나만 혼자 바윗돌에 헤딩을 한 느낌이었다. 아니 말이 비수가 되어 명치에 꽂혔다. 타박상에 입을 닫은 채로 며칠을 보냈다. 한마디로 묵언수행默言修行. 본의 아니게 그렇게 되었다.

나를 함구하게 한 사람. 그 누군가는 나의 엄마였다.

나만 기억하는 사건이 있던 밤, 엄마는 자식 중 하나가 투자를 잘해서 돈을 번 이야기에 행복했다. 전에도 들은 이야기다. 나이 들면 한 얘기를 또 하고, 한 얘기를 또 하는 재방송 모드가 탑재된다. 다들 흥미롭게 듣는데 왜 나만 불편한 것인가.

문득 엄마가 나 어릴 적 하던 말이 떠올랐다. 공부에 흥미가 없던 내게 '나중에 어른 되면 형제도 비슷해야 기가 안 죽는 거야.' 그 말은 세월을 흘러와 내게 꽂혔고, 그래서 나는 그날 밤 기가 죽었다. 엄마는 추후도 생각하지 못했으리라. 잘나가는 자식 이야기에 신이 난 엄마의 해맑은 표정이 그녀의 또 다른 자식에게 돌을 던지고 있는 걸.

엄마 집에서 한 밤을 자고, 집으로 돌아오는 길에 눈물이 났다. 용을 쓰며 산다고 하는데도 제자리걸음인 내 모습에 눈물이 났다. 핸들을 잡은 손에 힘이 들어갔다. 내 감정의 밑바닥이 무엇인지 궁금했다. 부러움? 서운함? 후회? 분노? 아니다. 그것은 바로 초라함…. 그것이었다. 내가 이것밖에 안 되는 걸 확인했을 때 느끼는 존재의 초라함 말이다. 자신의 초라함과 맞닥뜨리게 되면 한없이 무력해진다.

안 들었으면 그만일 것을 듣고 상처가 되었다. 듣고도 흘렸으면 될 것을 마음에 고여 상처가 되었다. 잠시 머무른 말을 놔주면 될 것을 되뇌고 되뇌다 피가 났다. 아팠다.

도망가듯 벗어나는 고속도로에서 10년 전의 나를 마주했다. 같은 마음으로 도망가듯 고속도로를 내달리던 내가 오버랩 되었다.

10년 전. 사건은 이러했다. 목욕탕을 하는 아버지가 면세유를 구했는데, 아들이 오면 넣어주려고 기다리는 중이라는 얘기를 엄마에게 들은 것이다. 그 시절 나는 왕복 80km 거리의 직장으로 매일 출퇴근을 할 때였다. 서운했다. 안 들으면 몰랐을 일을 이미 내 귀로 들어버렸다. 내 차에 가득 넣어 봐야 얼마 되지도 않는데, 매일 차를 몰아야 하는 딸내미는 안중에도 없고 한 달에 한 번 올까 말까 하는 아들내미 차에 기름 넣어주려고 기다린다는 게 어이가 없었다. 덕을 보려고 부모님 가까이 산 것은 아니지만, 이렇게는 더 이상 곁에 살고 싶지 않아서 그 길로 집을 얻어 지역을 옮겨 이사했다. 아들만 위하는 집에서 딸로 태어난 이름이 초라해서 도망가듯 이사를 했다.

　천덕꾸러기.
　누구보다 사랑을 받아야 할 부모에게 인정을 받지 못하는 것은 평생 씻지 못할 아픔이고 멍이 된다. 상처가 된다. 사랑보다 깊은 상처인 것이다.

　부모님은 알고 있을까? 당신 슬하의 자식들이 알게 모르게 자꾸만 상처를 입는다는 사실을.
　내게도 자식이 셋이나 있다. 그 아이들에게 상처를 주지 않으려고 얼마나 애를 쓰는지 모른다. 하고 싶은 말을 참고 튀어나올 것 같은 말을 꿀꺽 삼키기를 여러 번. 누군가 그랬다. 부모가 되는 것은 구도자의 길과 같은 것이라고. 나도 아이를 키우면서 그 말에 깊이 공감한다. 내가 나의 부모보다 더 잘하고 있다고 말할 수도 없다. 하지만 내가 아이들에게 상처를 주지 않는 부모가 되려고 얼마나 애쓰는지 아이들이 알았으면 좋겠다.

　부모와 자식 사이를 애증 관계라고 하는 걸 들은 적이 있다. 미운 정 고운 정 다 들고, 예뻤다 미웠다 하는 가족 말이다. 할 말 못 할 말다 할 수 있으니 그게 가족이 아니겠냐 하는 사람도 보았다. 하지만 나는 조금 생각이 다르다. 가까운 사이일수록 더 조심해야 하는 것이 말 한마디 아닐까? 안 보면 그만 일 그저 그런 관계가 아니니 말이다. 살다 보면 관계가 끊어지기도 하는 상황이 생기지만 천륜이야 어디 그런가? 그러니 가족이야말로 햇살 좋은 봄날처럼 따스하고 생각만 해도 기분 좋은 든든한 존재가 되어주어야 할 것이다. 힘들고 지칠 때 돌아가서 쉬고 싶은 곳이 집이듯, 언제라도 포근히 안길 수 있고 비비댈 수 있는 대상이 되어 주자는 것이 나의 엄마 철학이다.

가족의 비난과 질책, 원망, 무관심은 상처만을 낳을 뿐이다. 말로만 하는 사랑이 아닌 피부로 느껴지는 사랑을 가족에게 전하려면 상처가 될 말부터 조심하자. 생각나는 대로 뱉었다가는 그 말에 베이고 긁혀서 누군가는 한동안 끙끙 앓을지도 모를 일이다. 나의 분풀이가 상대를 화살받이로 만들지 않도록, 그 어느 곳보다 안전해야 할 공간이 전쟁터가 되지 않도록 따스한 울타리가 되어주자.

그 입술을 막아 본다

아이들을 키우다 보면 엄마들은 아이 따라서 친구가 생기게 마련이다. 한마디로 아이 또래 친구 엄마들과 말을 섞다 보면 '누구 엄마'라는 이름으로 알게 되는 엄마들이 생긴다. 조리원 엄마, 문화센터 엄마, 학교 같은 반 엄마 이런 식이다. 그 모임이 쭉 연결되기는 쉽지 않지만, 같은 그룹에도 말이 잘 통하는 사람 한두 명은 만나게 마련이고, 볼 때마다 반가운 사람도 생긴다.

아이 출산으로 한동안 못 가던 문화센터를 다시 가게 되었을 때, 오랫동안 못 만났던 한 엄마를 만났다. 너무 반가워서 인사를 하는데 살이 얼마나 빠졌던지 하마터면 몰라볼 정도였다. 원래도 예쁜 엄마였는데 체중이 줄고 나니 고운 얼굴이 더 빛났다. 최고의 성형은 다이어트라더니 예전의 몸을 찾은 그녀는 생기 있는 얼굴이었다. 그런 그녀가 내게 고맙다는 말을 꼭 전하고 싶었다며 말문을 열었다.

"사실은요, 그때 저한테 뚱뚱하다고 해서 너무 충격 먹고 제가 다이어트를 결심한 거거든요. 지민 엄마 아니었으면 저 아직도 살 못 빼고 있을 거예요, 고마워요!"

"제가요? 제가 민서 엄마한테 뚱뚱하다고 말했다고요? 어머, 나 왜 그랬대요? 미쳤나 봐."

평상시 사람들에게 듣고 기분 나쁠 수도 있는 말은 안 하려고 신경을 많이 쓰는 편이라, 내가 누군가에게 그런 상처 되는 말을 했을 리가 없다고 생각했기 때문에 적지 않게 놀란 터였다.

그런데 그녀가 없는 말을 하지는 않을 사람이었다.

상황은 이러했다고 한다.

그날도 아이들을 문화센터 수업에 들여보내고 수업이 끝나기를 기다리며 이런저런 수다를 떨고 있었는데, "요즘 엄마들은 왜 이렇게 날씬한 거예요?"라며 묻는 그녀의 질문에 내가 답하기를 "다른 엄마들이 날씬한 게 아니고 민서 엄마가 뚱뚱한 거예요." 했다는 것이다.

세상에나! 나는 심히 충격이었다. 내가 해놓은 말도 기억을 못 하고, 그럴 리가 없다며 발뺌을 하려고 하다니…. 낯이 부끄러워짐을 느꼈다.

"미안해요. 내가 왜 그랬을까요?"

"아녜요. 그 말 듣고 그날 집에 가서 거울을 봤는데 진짜 내가 뚱뚱하더라고요. 자꾸 옷이 안 맞아서 옷을 점점 더 크게 사 입으면서도 나는 내가 살이 찌고 있는 걸 모르고 있었어요. 그냥 옷이 안 맞는다고만 생각했는데, 그 말을 듣고 저를 바로 보게 된 거죠. 같이 사는 남편도 한 번도 나한테 살찐다는 말도 안 해줘서 저는 정말 몰랐거든요. 그런데 덕분에 알게 되고 살을 뺐으니 제가 고마워요."

목소리가 상냥하고 조곤조곤한 말투의 그녀는 진심으로 말하는 것처럼 보였다. 그녀의 논리대로라면 다행이긴 한데, 그래도 내가 누군가에게 말을 거르지 않고 상대의 기분을 고려하지 않은 채로 말을 했다는 사실이 내겐 너무 충격이었다. 아무리 말을 조심한다고 하면서 툭 던지는 말이 무심코 던진 돌이 개구리를 사망하게 만드는 형국이 되었다.

아! 폭력적인 나의 주둥이라니….

'팩폭'이라는 말이 생각난다. 팩트 폭력.

"내가 틀린 말 했어? 내가 없는 말 했냐고!"

시시비비 따지고 싸울 때 주로 하는 말이다. 따지기로 하자면 팩트가 주된 근거가 될 테지만 이 팩트라는 것이 사람을 죽일 수도 있다는 것. 다시 말하면 팩트는 폭력적일 수 있다는 것이다.

머리가 나쁜 사람에게 '너는 왜 그렇게 머리가 나쁘니?'라거나

인물이 별로인 사람에게 '너는 왜 그렇게 못생겼니? 또는

키가 작은 사람에게 '너는 왜 그렇게 키가 작니?'라는 말들 말이다.

'왜 그렇게'라는 것은 없다. 그러니 타고난 생김새와 모양을 탓하는 것, 사람의 모습에 대해 왈가왈부하는 일은 하지 말아야 한다.

스무 살 무렵이었다.

한때 테트리스라는 게임에 빠져서 친구와 번갈아 단계를 깨고 있었는데, 내가 막대를 엉뚱한 곳에 넣어 레벨을 올리지 못하는 걸 보던 친구가 "너는 왜 그걸 거기다가 넣어? 뇌가 없어?" 하는 것이다. 몸이 마음 같지 않고, 머리가 따로 놀고, 손이 따로 놀다 보니 흔히 생기는 일이었지만, 나 자신도 내가 바보 같다고 생각하고 있는 시점에 그 말을 들으니 충격이었다. 웃자고 하는 말이 다큐로 받아들여져 그 자리에서 눈물이 났다.

"맞아. 나는 뇌가 없나 봐. 무뇌아인가 봐. 아메바인가 봐."

울다가 웃다가, 웃다가 울다가 결국 우리의 장르는 코미디가 되었지만, 아직도 오래전 그날을 기억하고 있는 걸 보면 충격이 엄청났나 보다.

살면서 우리는 얼마나 많은 상처를 사람들에게 주면서 살고 있을까. 우리가 아무렇지 않게 던져버린 말, 그 한마디가 누군가에겐 둔탁하거나 뾰족한 무기가 되는 것은 흔하디흔한 일이다. 그러니 생각나는 대로 툭 던져버리는 말을 조심해야 할 일이다. 구설에 오르는 수많은 연예인과 정치인들도 말 한마디 잘못했다가 곤욕을 치르지 않던가 말이다.

서울대 최종훈 교수의 인생 교훈이 생각난다. 갈까 말까 할 때는 가라고, 말할까 말까 할 때는 말하지 말라던. 말하기 전에 머릿속에서

이 말을 해도 괜찮을지 생각하자. 잘못 뱉은 말 뒷수습하며 별생각 없이 한 말이라는 말로 얼버무리기보다는, 입술을 떠나기 전에 3번 이상 충분히 생각해서 말을 한다면, 서로에게 안전한 대화를 할 수 있을 것이다.

끼 부리지 마

소풍! 여중생에게 이것보다 더 설레는 일이 있었을까?

지금이야 오빠들이 떼로 나와 심쿵하게 만드는 아이돌 그룹이 최고겠지만 30년 전만 해도 소풍처럼 신나는 게 없었다. 하긴 우리 때도 소방차라는 아이돌이 있었고 그 인기도 엄청나긴 했다.

그러나 설렘은 늘 잠시뿐이듯, 소풍날 비가 올까 봐 걱정되고 전날 밤이면 설레어 잠을 설치던 기억은 언제부턴가 내게 더는 신나는 일이 되지 않았다.

그건 중학교 1학년 때의 '소풍 사건' 이후였다.

봄 소풍을 다녀온 며칠 후, 빨래를 개고 있던 엄마는 느닷없이 내게 물었다.

"소풍 가서 뭐 했니? 도대체 뭘 했길래! 동네 창피하게…. 내가 얼굴을 못 들고 다니겠어!"

엄마의 목소리는 퉁명스러웠고, 날카로웠다. 그리고 그 말이 온통 비난이었음을 직감적으로 느끼고 있었다.

'소풍 가서 무엇을 했길래….'

여중생이 소풍 가서 할 일이 뭐가 있을까? 나는 그냥 재미있게 신나게 논 것이 전부다. 그런데 엄마의 말을 듣자 하니, 엄마를 창피하게 만든 그녀의 딸은 반 대항 장기자랑에서 미친 듯이 춤을 추었던 것이다. 나와 같은 학교 다니던 생판 얼굴도 모르는 선배의 엄마가 목욕을 왔다가 "이 집 딸내미가 소풍 가서 춤을 췄는데 대단하더라."라고 했다는 것이다.

대단하게 춤을 추더라. 엄마의 말을 듣는 순간 나는 얼굴이 붉어짐을 느꼈다.

내가 춤을 춘 게 창피한 게 아니고, 그렇게 춤을 춰서 엄마 아빠에게 망신을 준 게 됐다는 사실이 얼굴을 붉게 했다. 한마디로 알게 모르게 큰 죄를 지은 것이다. 뾰족하게 잘하는 것도 없는 아이가 부모님을 망신시키다니….

내가 잘못한 것이다.

엄마는 늘 말씀하셨다. "엄마 아빠 얼굴에 먹칠하지 마라."고.

워낙 작은 시골 동네라 얼굴만 들고 다니면 뉘 집 자식인지 알 수밖에 없는 곳이고, 우리 집이 동네 목욕탕이라는 특수성까지 갖췄으니 '조심해야 한다. 아니 조신해야 한다.'고. 하루에도 셀 수 없이 많은 사람이 오가는 곳. 사람들은 목욕만 하고 가지 않는다. 때만 밀고 가지 않는다. 보는 대로 얘기하고 떠들고 웃고 싸우고 한마디로 동네 방앗간 같은 곳이었다. 나는 그런 말 많은 동네 목욕탕집 셋째 딸이었고, 어딜 가도 그냥 목욕탕집 딸내미일 뿐이었다.

다시 돌이켜 생각해 보았다. 난 소풍날 무엇을 했는가? 보물찾기를 했고, 수건돌리기를 했고, 엄마가 싸준 김밥을 먹었고, 장기자랑 순서가 됐을 때 친구들과 몰려나가 음악에 맞춰 춤을 춘 기억밖에 없다. 그래 다른 것은 문제가 되지 않았다. 춤이구나. 무슨 노래에 맞춰 춤을 췄는지 기억도 안 난다. 지금처럼 떼로 나가 걸 그룹의 안무를 따라 하던 시기는 아니었으니까. 그냥 막춤이었겠지 싶다. 홍이 많아 신나게 췄을 것이고, 장기자랑에서 우리 반이 1등을 했으면 하는 마음에 열심히 췄을 거다. 나는 신나게, 열심히, 재밌게 춤을 춘 것뿐인데 '미친 듯이'가 되어 돌아왔다. 엄청난 부메랑 효과다.

'빌어먹을 소풍….'

그러다 고등학교는 조금 큰 도시로 유학이라는 걸 갔다. 학창 시절에는 소풍이 있고 소풍에는 장기자랑이 있다. 하지만 나는 아무것도 하지 않았다. 남 앞에 서는 것은 이목을 끄는 일이고, 그런 일이 어떻게 돌이 되어 되돌아올지 모르는 일 아닌가. 같은 실수를 두 번 하면 안 되니까 나는 얌전히 있기를 선택했다.

그 후로 내게 소풍은 박수치는 아이로만 기억난다. 무대에 서는 아이들을 밑에서 바라만 봐야만 했고, 마이크 잡는 아이를 바라보며 '내가 하면 더 잘할 수 있는데….'라고 생각하며 부러워해야만 했다. 엄마는 기억 못 하겠지만 내겐 선명하다. 튀면 안 되니까. 그렇게 끼 많던 아이는 튀지 않고 살아가는 법을 배워 갔다.

하지만 재능이라는 것은 어떻게든 고개를 처들게 되어있나 보다. 나는 결국 다른 사람들 앞에서 마이크를 잡는 직업을 갖게 되었고, 엄마를 망신 주던 십 대 소녀는 정확히 25년 후 빚을 갚을 수 있었다. 행사가 있어 사회를 보러 가는 날이면 행사장으로 엄마가 찾아오기도 했는데, 그런 일이 몇 번 있고 나서 엄마는 내게 조심스럽게 사과를 하셨다.

"우리 딸 미안해. 엄마가 우리 딸이 그렇게 재주 있는 걸 모르고 무시했었네."

엄마의 목소리는 나지막이 진심을 전하고 있었고, 나는 엄마의 표정에서 뚝뚝 떨어지는 미안함을 따스한 포옹으로 닦아냈다. 가슴에서 가슴으로 전해지는 용서는 그런 것일까? 나를 낳은 부모로부터 인정을 받는데도 수십 년의 시간이 걸리다니. 그것을 받으려고 당신의 딸이 얼마나 안간힘을 썼는지 알고 계실까.

소풍 사건쯤이야 나만 기억하는 어린 날 일기장 속 사건이라, 세상 뉴스에 비하면 감히 비교도 안 될 만큼 티끌 같다는 것을 알고 있다. 하지만 기억을 떠올리는 것만으로 얼굴이 붉어질 말이라면 티끌 같은 말실수라도 조심해야 할 것이다. 말 한마디에도 평생 가슴에 흉터를 남기기도 하니까 말이다.

존재만으로 인정받을 수 있는 곳. 가족이라는 울타리는 그런 곳이어야 할 것이다. 그런데 말처럼 쉽지가 않다. 가장 오랜 시간 부대껴야 하는 곳에서 온전하게 받아들여지는 게 말처럼 되지 않는다. 조금 더 잘했으면 좋겠고, 이건 하지 않았으면 좋겠고, 너무 가까워서 거침없이 모든 것이 노출되어 버리고 그래서 때로는 가장 쉽게 서로의 상처가 되기도 한다.

말 한마디에 울고 웃는 가족이라는 이름. 부모와 자녀 사이야말로 말 한마디 한마디를 조심해야 할 것이다. '우리 아이들은 부모의 감정 쓰레기통'이라는 글을 본 적이 있다. 속상하고 화나서 어디 풀어버릴 데 없는 엉켜버린 감정을 필터 없이 쏟아내는 대상이 아이들이 될 수 있다는 말일 것이다.

부디 툭 던져버린 말로 우리 아이들의 날개가 꺾이지 않았으면 좋겠다. 엄마 아빠가 아이의 재능을 응원해줄 수 있는 든든한 지원군이라는 걸 아이들이 알게 하자. 그 마음이 온전히 전해지도록 자녀를 향한 말이 날카롭지 않고 부드럽기를, 차갑기보다는 따뜻하기를 바라고 다짐해 본다.

비밀의 화원

십 년이 넘도록 다니는 미용실이 있다. 여자들에게 믿고 다닐만한 미용실이 있다는 것처럼 든든한 게 있을까? 한번 했던 스타일이 괜찮다 싶어 다시 찾아가면 전에 있던 담당자가 없어지는 일이 일쑤였다. 그러다 한곳에 정착하면서 단골이 될 수 있었던 이유는 찾아갈 때마다 늘 반기는 얼굴들이 있고, 이렇게 해달라거나 저렇게 해달라고 주문하지 않아도 알아서 척척 스타일을 잡아주는 헤어 디자이너가 있었기 때문이다.

긴 머리를 짧게 자르던 날 "정말 괜찮으시겠어요?"라고 물어봐 주고, 머리카락이 염색으로 손상이 되는 것을 나보다 더 염려해 주는 분이었다.

내가 생각하기에 정말 좋은 헤어 디자이너의 덕목은 두 가지이다. 첫 번째 덕목은 실력이고, 두 번째 덕목은 고객 응대 스킬인데, 나의 헤어 디자이너 쌤은 이 두 가지를 모두 갖춘 분이었다.

커트, 웨이브, 염색 어떤 스타일을 해도 전문성을 살려서 조언해주고 스타일을 잡아주는 것은 물론이요, 내가 뭘 원하는지 정확하게 알아채고 무리수를 두지 않으면서도 최상의 상태를 만들어주시니 내 발길이 힌곳으로 가도록 하기에 충분한 이유가 됐다.

커트를 할 때면 긴 시간이 걸리지 않지만, 웨이브라도 할라치면 몇 시간씩 미용실에서 시간을 보내야 하므로, 지루하지 않게 시간을 보내는 방법이 필요한 미용실. 잡지도 보고, 휴대전화도 있지만, 담당 헤어 디자이너와의 수다 재미도 빼놓을 수가 없다. 하지만 어떤 헤어샵을 가느냐에 따라 상황은 달라진다. 때로는 디자이너가 말이 많아서 피곤하고, 때로는 말수가 없어서 심심하다. 모름지기 대화 파트너란 자기 말만 한 바가지 해도 곤란하고, 짧은 대답만이 돌아와 자칫 지루하게 만들거나 상대적으로 나를 수다쟁이가 되게 만들어도 곤란하다. 단언컨대 헤어 디자이너가 대화의 기술을 알고 있다면 단골손님이 많을 거라는 게 나의 생각이다. 미용실을 찾는 고객들의 만족도가 좋을 테니 말이다.

내가 단골인 곳도 그렇다. 실력도 좋지만, 담당 디자이너의 센스가 이만저만이 아니다. 어떻게 나의 컨디션을 알고 말이 필요한 때와 그렇지 않을 때를 알고는 딱 기분 좋을 만큼만 말을 섞어준다. 덕분에 십 년째 단골이 되어버렸다.

하지만 그런 우리의 대화가 처음부터 편안했던 것은 아니었다. 한

번은 내가 날카로운 대답으로 그분에게 상처를 준 적도 있다.

디자이너의 실력을 믿고 이제 단골이 되려고 할 즈음이었던 듯하다. 그전에 무슨 얘기를 했는지는 정확히 기억이 나지 않는다. 아마도 아이 얘기를 하고 있었던 것 같다. 그녀는 내게 가벼운 질문을 던졌다.

"아이가 몇이세요?"

순간 나는 당황했다.

이 흔하디흔한 질문이 내게 칼이 되었다. 나는 방패를 들었다.

"뭘 그렇게 많이 알려고 하세요?"

아이가 몇인 게 뭘 그리 큰일이라고, 알려주면 무슨 국가 기밀이라도 털어놓는 양 꼭꼭 숨기고 싶었다.

사실은 이랬다.

이혼하고 얼마 되지 않았을 무렵, 양육권 상 아이 둘을 아빠에게 보내고 막둥이 하나만 내 손으로 키우고 있었다. 이혼이 부끄럽고 숨겨야 하는 일이 아니라, 내 아이를 직접 키우지 못하고 있던 것이 세상 무엇보다 부끄러운 일이었다.

아이는 셋인데, 둘은 엄마인 내가 키우지 않고 있던 시절, 아이가 몇이냐고 하면 이걸 셋이라고 말하기도, 하나라고 말하기도 어려웠다. 그 시절 내가 가장 듣기 싫은 말은 '아이가 몇 명이냐'는 질문이었다. 결혼은 하셨냐는 질문이라면 "아이가 있어요."라고 대답하면 됐지만, 아이가 몇 명이냐는 질문은 내게 대답하기 너무나도 어려운 것이었다.

그날의 날카로운 창과 방패를 주고받기 얼마 전, 나는 마침 쓸 만한 대화법을 배웠더랬다. 친구가 누군가와 대화를 하다가 같은 방패를 들어 위기를 모면하는 걸 본 것이다.

걸려온 전화 너머로 이런저런 얘기를 묻자 몇 가지 답을 하던 그녀가 말의 꼬리를 자르려는 듯 "뭘 그렇게 많이 알려고 해."라고 하는 걸 보았다. 웃으면서 던지는 그녀의 말투가 내게는 썩이나 좋아 보였다. '아, 저런 방법도 있구나.'

상대를 기분 나쁘게 하지 않으면서도, 정중히 거절하는 방법이 인상 깊어 오랫동안 기억하고 있었다.

그런데 나의 순간은 다정하지 않게 찾아왔다.

내가 방패를 들던 순간, 내 심장은 처참했고 아팠다. 슬펐다. 여유라고는 없었다. 그래서 단호하게 말했다.

"뭘 그렇게 많이 알려고 하세요?"

이건 방패가 아니었다. 칼이었다.

나는 내뱉고 나서 알았다. 나의 말투와 시선과 마음이 이미 굳어버려 뻣뻣했음을, 누가 봐도 영락없이 콕 쥐어박는 느낌이었을 것이다.

둘 사이에는 잠깐의 정적이 흘렀다.

나는 이미 미안했다. 땡벌처럼 쏘아붙인 나의 한마디가 잘못되었다는 걸 알았지만 미안해도 어쩔 수 없었다. 주저리주저리 내 상황을 얘기할 일은 아니었다.

평범한 질문이 누군가에게 상처가 될 수 있음을 우리는 잊고 산다. 당연하다고 여기는 일이 누군가에게는 당연하지 않은 일이 될 수 있음을 우리는 간과하고 살고 있지 않은가 말이다.

결혼은 하셨어요? 몇 학번이세요? 대학은 어디 나오셨어요? 아이는요?

상대가 대답하기 곤란한 상황일 수 있다는 걸 염두에 두지 않은 질문 아닌가. 요즘은 개인적 질문을 안 하려는 사람들이 느는 추세지만 여전히 우리나라 특유의 사적 영역에 관한 침투형 질문을 하는 것을 보곤 한다. 상대를 존중한다면 스스로가 먼저 꺼내지 않는 정보에 대해서는 묻지 않는 게 예의고, 관계를 유지하는 좋은 방법일 것이다.

한번은 텔레비전을 사러 갔을 때다. 늘 현명한 결정을 하던 나의 친구는 장기적으로 봐서 화면은 아무리 커도 큰 게 아니라며 큰 텔레비전을 살 것을 권했고, 나는 친구의 조언을 듣고 화면의 실제 크기를 보고 싶어서 가전 매장을 방문했다. 몇 군데를 들렀는데 근무하고 있는 직원들 모두가 하나같이 "집은 몇 평이세요?"라고 물었다.

집 평수를 알아야 거실의 크기가 가늠되고 텔레비전의 크기를 추천할 수 있을 테니, 매장 직원들 입장에서야 정보수집이 이유일 수 있겠다. 하지만 이런 질문을 받을 때면 기분이 썩 좋지 않은 것은 사실이다.

그런데 마지막으로 들른 매장에서 직원이 다가오더니 물었다.

"텔레비전이 필요하신가 보군요. 그러면 먼저 크기를 선택하셔야 할 텐데요. 혹시 텔레비전 시청 거리가 얼마나 될까요?"

이런 접근은 처음이었다. 목소리조차 좋았던 그 직원의 질문은 머리가 열리고 가슴이 열리는 질문이었다. 나를 도와줄 수 있을 것 같은 느낌이었다. 상당히 정중했고 고객에 대한 배려심이 느껴졌다. 고객 만족을 넘어 고객 감동이라더니, 난 그 순간 정확히 감동했다. 게다가 십여 년이 흐른 지금도 이렇게 또렷이 기억하고 있는걸 보면 감동의 수치가 제법 높았던 게 확실하다.

감동되었던 말, 그의 말은 부드럽고 정중했으며 배려가 넘쳤다.
상처가 되었던 말, 나의 말은 딱딱하고 무례했으며 냉기가 흘렀다.

나는 알고 있었다. 헤어 디자이너를 향해 던진 나의 말이 무례했음을 말의 끝자락이 입 밖으로 나가자마자 알았다. 하지만 주워 담을 수가 없었다.
나는 그 후로도 며칠을 마음이 아팠다. 나를 보호하기 위해 뱉은 말 한마디가 누군가를 몹시 아프게 했다는 것을 알았기 때문이다. 귓전에 내가 뱉어버린 날카로운 말 한마디가 맴돌았다. 죗값을 치르고 있었다. 나는 방패를 힘껏 휘두른 대가로 몸살이 났다.
아픈 말을 하고 나면 나도 아프다.
'아프냐? 나도 아프다.' 하던 드라마 〈다모〉의 대사처럼 말이다. 상처를 주려고 독기를 품고 한 말은 아니었으나, 충분히 무안했을 말의 폭력성을 알기에 나는 오래도록 반성했다.

씩씩한 항암녀의 속·엣·말

내게는 마음의 여유가 없었다. 상대에게 상처를 주지 않고도 나를 지킬 수 있을 만한 방법을 알지 못했다.

몇 년 후 아이들이 모두 한집에 살게 됐고, 머리를 하러 가는 길에 하나둘 아이들을 동행했다. 그제야 나는 디자이너 쌤에게 공식적으로 아이 셋 엄마가 될 수 있었나. 기회가 된다면 이 책을 빌려 그분에게 정중한 사과를 하고 싶다.

대답하기 싫은 질문에 초대됐을 때 잠시 멈춤. 하나, 둘, 셋…

그리고 대답을 회피하기에 좋은, 날이 서지 않은 질문으로 되돌릴 수도 있다.

"어떤 답변을 기대하세요?"

"그게 궁금하셨군요?"

미소와 함께 잠시 틈을 만들자.

상대와 나 모두에게 호흡만큼의 여유를 줄 것이다.

사람들에게는 누구나 감추고 싶은 비밀이 있다.

나를 보호해야 하는 순간. 몸을 웅크리고 빳빳한 가시를 세워서라도 나를 보호하고 싶은 마음이 본능적으로 든다면, 차라리 '노코멘트'라는 깃발을 들어보면 어떨까? 창과 방패 대신 깃발을, 무기를 드는 대신 평화와 중립의 신호를 보내는 것도 현명한 방법이 될 수 있을 것이다.

사랑은 언제나 목마르다

사랑이 부족했지만, 사랑이 없었던 것은 아니다. 우리 집 여덟 식구 중 서열 2위였던 할머니는 늘 과하지도 모자라지도 않게 사랑을 주셨다. 내 어린 날 기억하는 할머니는 언제나 큰 어른이었지만, 내 키가 점점 자라면서 나는 우리 할머니가 얼마나 자그마한 분인지 알게 되었다. 키가 큰 할아버지 옆에 있어서 작은가 보다 했지만, 지금 생각해 보면 요즘 초등학교 4, 5학년 정도 여자아이들의 평균 신장밖에 되지 않았던 걸 알게 되었다.

할머니는 체구는 작지만, 마음이 큰 분이었다. 난 할머니 옆에서 조잘대기를 좋아했다. 할머니는 웬만해서는 큰소리를 내는 법이 없으셨고, 늘 따뜻했다.

가을이면 삶은 밤을 정성스럽게 까서 입에 넣어주셨고, 양말을 신고 있을라치면 집에서는 시원하게 벗고 있으라며 손수 벗겨주셨다. 봄날 뒷마당에서 냉이를 캐오면 머리를 쓸어 기특하다 하셨고, 부엌에서 귀찮게 꽁무니를 쫓아다녀도 한 번도 내친 적이 없었다. 밤이면 막냇손주를 끼고 주무셨지만 그건 엄마와의 약속 때문이었던 걸 나중에 알았다.

　엄마는 셋째인 내 밑으로 네 번째 아이를 임신하고 덜컥 겁이 나서 아이를 포기할까 하는 나쁜 생각을 했다고 한다. 엄마는 울다시피 시어머니에게 말했다.

　"어머니, 저는 못 키워요. 애가 셋에 장사도 하고 먹고살아야 하는데, 그건 너무 힘들어서 저는 못 할 것 같아요."

　"아이는 내가 키울 테니 너는 낳기만 해라. 그 아이 잘못됐다가는 이 집에서 쫓겨날 줄 알아!"

　할머니께서는 약속을 지키셨다. 젖이 떨어지기가 무섭게 할머니는 막냇손주를 제 아들처럼 키우셨다. 아니 젖먹이 때부터 그랬다. 내가 할머니를 차지하는 일은 몇 년 동안 어려웠지만 그래도 할머니는 늘 내 마음속에 있었다.

　할머니는 엄마 몰래 용돈을 찔러주시는 센스도 있었다.

　"엄마한테 받아서 돈 있어요." 해도,

　"그래도 또 넣어 둬. 나가서 살다 보면 갑자기 아플 때도 있고, 갑자기 돈 쓸데가 생기게 마련이야." 하시며 엄마한테는 티도 내지 말라면서 눈을 찡긋하셨다.

나는 할머니에게 성별이 중요하지 않은 채로 그냥 손주 중의 한 놈이었다.

늘 비녀를 꽂아 단정하게 쪽 머리를 하시던 할머니는 친구분이 마실을 오는 날이면 술도 한잔하시고, 곰방대도 피우셨다. 겉모습은 영락없이 조선 여인이지만 뇌는 섹시한 나름 신여성이라고나 할까? 지금 생각해 보면 할머니만의 공감의 기술이었던 것 같다. 여느 때는 안 하시던 것을 왜 친구분이 오시면 한 대씩 태우셨는지 신기하고도 걱정스러워 어린 맘에 물었다.

"할머니! 할머니 담배 안 하시잖아요!"

"이 나이에 뭐가 그게 대수라고…."

할머니는 여장부였다.

열여섯에 시집온 할머니에게 한번은 사춘기의 호기심으로 물었다.

"할머니! 옛날엔 결혼해서 아이 낳는 걸 어떻게 가르치고 어떻게 배웠을까요? 누가 결혼하기 전에 가르쳐 주나요?"

"때가 되면 다 통하게 되어있느니라."

할머니 대답은 명쾌했다.

할머니는 건강이 안 좋으셔서 내 결혼식에 참석하지 못하셨다. 신혼여행을 다녀온 후, 누워계신 할머니께 가서 안부를 묻자, 내 손을 잡으시며 "행복하게 살아라." 한마디만을 남기셨다.

그리고 며칠 지나지 않아 할머니는 먼 나라로 가셨다.

내 깊은 사랑이 떠나버렸다. 그때는 슬픈 것도 몰랐다. 그냥 때가 되어 가셨고, 너무 고통스럽지 않아서 다행이라며, 평생 반려자였던 할아버지 곁으로 가신 걸 모든 가족은 편안한 상태로 받아들였다. 여 든여섯을 채우고 돌아가신 할머니의 죽음은 유난스러운 일이 아니었다. 그래도 아들처럼 키운 막냇손주는 눈시울이 제법 오래 뜨거웠으리라. 하지만 아무도 묻지 않았다. 단지 자그마한 체구의 할머니가 얼마나 강단이 있는 분이고 심지가 있는 분이었는지 회고할 뿐이었다.

아마도 나는 철이 없었나 보다. 죽음이 어떤 건지, 사람을 영원히 떠나보낸다는 게 어떤 건지 몰랐다. 슬픔은 문득문득 뒤늦게 찾아왔다. 첫아이를 낳고 '할머니가 보셨으면 좋아하셨을 텐데…', 이혼이라는 힘든 일을 겪고 '할머니가 아시면 속상하실 텐데…', 유언처럼 남긴 행복하란 한마디가 내 속에 메아리쳐서 가끔 힘들었다. 그렇게 미안한 마음과 그리움이 울컥울컥 올라오는 건 시간이 흘러도 나아지질 않았다.

그제야 알았다. 내가 할머니에게 얼마나 큰 사랑을 받았는지 말이다. 특별하지 않고 잘난 것이 없어도 있는 그대로 바라봐 주고 품어주던 그 큰 사람을, 그 큰 사랑을 나는 너무 늦게 알아버렸다.

지금도 그립다. 할머니만 생각하면 나는 여전히 어린아이가 된다.
감사한 것은 온전히 받아들여지는 느낌을 알게 한 그분의 사랑이다. 조금씩 찌그러지고 미숙하고 부족했던 내 삶이지만, 내가 나로 살아가는데 중심을 갖게 해준 건 그 사랑에 모든 이유가 있지 않았을까 생각한다. 이 세상 어딘가 온전히 믿고 따를 사람이 한 사람만 있어도 삶에 견딜 힘을 주니까 말이다.

'사람은 사랑을 먹고 산다'는 톨스토이의 말처럼 우리는 사랑이 필요하다. 살면서 무조건적 사랑을 경험한 사람은 평생 꺼지지 않는 촛불 하나를 품고 살아가는 행운아가 될 것이다.

살다가 많이 버겁고 힘든 날이 오거든 한없이 받기만 했던 사랑을 떠올리자. 나를 소중하게 대해주고 아껴주던 누군가의 사랑을 떠올리는 것만으로도 가슴이 따뜻해지고 숨결이 부드러워질 것이다. 변치 않는 사랑은 언제라도 충분한 위로가 될 테니 말이다.

부탁해요

●
·

　어린 시절, 주말 아침 늦잠을 자는 우리 남매를 일어나게 했던 건, 어르고 달래던 엄마의 목소리가 아니라, 천정을 날려버릴 것 같은 폭탄 같은 아빠의 한마디였다.

　"야! 일어나!"

　그 한마디에 벌떡 일어났던 4남매. 우리 집 남매에게 늘어지는 주말 아침은 허락되지 않았다. 밥상에 모이는 식구만 여덟 명인데 제때 일어나 끼니를 같이 먹지 않으면 엄마의 일이 두세 배가 됐을 테니, 아빠는 호통을 쳐서라도 애들을 깨워야 했을 것이다.

　평상시에는 좀처럼 다정하지 않아 호랑이 선생님처럼 느껴졌지만, 술 한잔하시면 세상 다정한 사람으로 변하셨다. 자는 4남매 깨워 갑작스러운 한밤의 파티를 하고, 그 핑계로 용돈을 뿌리시던 기분파라고 하는 게 맞겠다. 그러니 어떤 결정을 하거나 허락을 구해야 할 때면 아빠의 기분을 살펴야 했다.

　아빠는 젊은 시절 경험한 군대 방식을 좋아하셨다. 책임감이 강하고 부지런하셨던 아빠는 아이들도 그렇게 키워야 한다고 철석같이 믿으셨던 분이다. 여덟 번째 아이로 태어나 여섯 명의 형제를 잃고 장남이 된 아빠는 할아버지에게는 말 잘 듣는 착한 아들이었지만, 자신의 아이들에게는 엄한 아빠였다. 가장으로서의 무게 때문이었을까? 방학이 되면 하루 계획표를 세우게 하고, 영화를 보러 가려면 영화감상문을 써야 할 만큼 원칙이 중요하고 규칙이 중요한 분이다.

　통금이 있던 시절이었으니, 나라의 법이 요즘 말로 국룰이었다면 가장의 한마디는 집룰이라고나 할까? 강압은 빠르고 효과적이다. 눈에 보이는 빠른 결과물을 만들어낸다. 0.1초 만에 이불을 걷어내고 일어나던 어릴 적 아침 풍경처럼 말이다.

　하지만 나는 그런 아침을 내 아이들에게 주고 싶지 않았다. 하루의 시작인 아침에 기분이 좋아야 한다는 나름의 믿음이 있기 때문이다. 기분이라는 것이 좋다가 안 좋아지기는 쉽지만, 안 좋은 기분이 금세 좋아지기는 더 어려운 법이니, 일어나는 아침은 행복하게 맞게 해 주고 싶었다. 그래서 이불을 확 걷어낸다거나 고함을 질러 아이들을 깨워본 적은 없다.

　잠이 들 때도 그랬다. 아이들 재우는 일이 쉽지 않았지만, 책을 읽고 좋은 꿈나라로 여행하기를 바라는 게 엄마의 마음이라, 피곤하고 시간이 조금 오래 걸려도 낭만적 방법을 선택하곤 했는데, 아이 아빠는 아이를 방으로 데려간 지 10분 만에 애를 재우는 신공을 발휘했다.

"어떻게 그렇게 빨리 재웠어?"

"망태 할아버지 온다고 했지. 그러니까 자던데?"

어이가 없었다. 아이가 공포 속에서 잠들었을 생각에 엄마 마음은 안 좋았지만, 잠든 아이를 다시 깨울 수는 없지 않은가 말이다.

그런데 강제성을 없애면 훈육하다가 부모가 지치기도 하고 효과가 떨어지는 것도 사실이다. 비단 아이들을 키울 때만 그런 것은 아니다. 상대의 입장은 고려하지 않고, 내 입장만 고수한 채로 부탁이 아닌 강요와 명령으로 말한다면 더더욱 그럴 것이다. 명령은 상대의 자유권을 빼앗는 방법이다. 자유 선택권을 빼앗기면 불편한 게 사람이다. 관계를 망치는 지름길이다.

어떻게 하면 고함과 윽박, 협박이 아닌 평화로운 방법으로 사람을 움직이게 할 수 있을까?

우리에겐 강요와 명령을 대신할 방법이 있다. 느낌과 감정을 정확히 표현해주고 부탁의 언어로 이야기하면 상대방의 반감을 줄이고 동의를 구하기가 쉽다.

첫 번째는 사실을 알게 하는 것이다. 상황을 정리해서 말해준다. 이때 내가 본 것을 정확하게 이야기해 준다.

두 번째는 느낌과 감정을 전달한다. 분노 뒤에 숨어 있는 걱정, 염려, 불안 등 상대의 행동 때문에 느껴진 감정을 표현하는 과정이 필요하다.

마지막으로 대안을 제시하고 스스로 선택 결정할 수 있게 한다.

예를 한번 들어보겠다.

방을 치우지 않는 아이에게

사실: 문을 열었을 때 엄마가 보는 각도에서 보게 한다. "어때 보여?"

느낌: "엄마가 보기엔 너무 정신이 없어서. 지금보다 방이 깨끗하면 좋겠어."

부탁: "오늘 안에 정리했으면 좋겠는데, 언제까지 치울 수 있겠니?"

구체적인 제안을 할 때는 시간과 방법을 제시하는 것이 좋다.

한번은 이런 상황에 "엄마는 좀 더러운 것 같은데 너는 괜찮니?" 했더니, "네, 저는 괜찮아요."라고 해서 할 말이 없었던 적도 있다. 그날은 가만히 문을 닫고 나왔다.

이번엔 아들에게 부탁하는 방법이다.

"오늘 분리수거 해야 하는데 몇 시까지 할 거야?"

그러면 오늘 안에 한다거나, 10시까지 한다거나 기한을 반드시 두면 좋다. 특히 남자들은 시간을 콕 짚어 정해주는 것이 효과가 있다고 한다.

말하기 전에 알아서 해줬으면 하지만 시켜야 하는 사춘기. 시킨 대로 하는 것도 감지덕지다.

처음부터 부탁이 쉬웠던 것은 아니다. 한번은 양말을 아무 데나 벗어놓는 아이들 때문에 스트레스를 받다가, 또 그러면 양말을 입에 물게 하겠다고 엄포를 놓은 적이 있다. 동의도 구했다. 하지만 효과는 없었다. 저희도 알았다고 좋다고 해놓고는 막상 양말을 입에 물게 생겼으니 인상을 찡그렸다. 그러니 되지도 않는 협박은 안 쓰는 것이 낫다. 엄마만 무식해 보일 뿐이지 남는 것이 없다.

우리 주변에는 첫마디만 툭 뱉으면 꿰었던 줄 사탕이 엮여 나오듯 고정화된 비난의 말들이 참 많다. 엄마가 되면서 시험을 본 것도 아닌데, 대한민국 엄마들의 공통 대사는 언제 그렇게 습득을 한 건지 신기할 지경이다.

'나중에 커서 뭐가 되려고 그러니?'
'개가 발로 써도 이것보다 낫겠다.'
'넌 누굴 닮아 그러니?'
'싹수가 노랗다. 될성부른 나무는 떡잎부터 알아본다는데…'
'내가 저걸 왜 낳았나 몰라.'
'저걸 낳고 내가 미역국을 먹었네.'

존재 자체에 대한 비난만큼 아픈 것이 있을까?
비난의 말은 굳어져 버린 엿가락처럼 딱딱하고, 깨져버린 거울처

럼 쓸모없으며 위험하다. 뱉어낸 후에는 애써 녹여보려 해도 끈적함에
불쾌하고, 붙여놓아도 처음 같을 수 없는 원상복구 불가능 상태가 되
는 것이다.

화를 내고 난 후에 후회가 쓰나미처럼 밀려오는 것은, 쏟아 낸 감정
이 성난 파도일수록 더하다. 마냥 곱고 사랑스러워 품에 안고 어쩔 줄
몰라 하던 게 엊그제 같은데, 무릎을 꿇지 않아도 눈높이가 맞을 만큼
키가 크더니 저 잘났단다. 내 마음 같지 않은 아이들을 보며, 어릴 적
사진첩을 뒤적거려 추억팔이를 한다. 그때의 마음을 소환한다.

아이들이 어릴 적, 자기 전에 읽어줬던 책 중에 내가 좋아하는 책이
있다.

《Mama, Do you love me?》는 바버라 엠 주쎄Barbara M.Joosse이 쓴
에스키모 이누이트 모녀가 등장하는 동화인데, 스토리는 아주 간단하
다. 어린 딸은 엄마에게 자기를 사랑하냐고, 얼마큼 사랑하냐고 묻고
또 묻는다. 한 장 한 장 넘길 때마다 문제의 상황을 점점 힘들고 복잡
하게 만드는 아이. 달걀을 깨도, 도망을 가도, 북극곰으로 변해도 사랑
할 거냐고 묻는다.

그때마다 엄마는 너를 사랑한다고, 화가 나고, 걱정되고, 슬프겠지
만 여전히 사랑한다고 사랑할 거라고, 물고기가 별이 될 때까지 사랑
할 거라고 말한다.

책의 대화를 다시 떠올리는 것만 해도 입가에 미소가 다시 번지는
것을 보니, 나도 우리 아이들을 그렇게 사랑하고 싶은가 보다. 때로는

화가 나서 미치겠고, 잠 못 들게 걱정이 되다가도, 세상을 다 가진 듯한 기쁨을 주는 삶의 희로애락의 주범들을 어찌 사랑하지 않을 수가 있을까.

그러니 그런 사랑스러운 아이들에게 상처가 될 비난의 말마우 하지 말아야 할 것이다. 올라오려거든 꿀꺽 삼켜야 한다.

찬물을 한 컵 들이켜는 사이 호흡을 가다듬거나, 뒤돌아서 '안 볼란다.'하며 잠시 숨의 결을 바꾸어서라도 비난과 폭력만큼은 피하고 볼 일이다. 그렇게 시간을 벌어 위기의 순간을 넘기는 것은 제법 중요하다. 끓어오르려는 불길을 차단하고, 불길에 기름을 붓지 않는 것만으로도 나와 아이를 지키고 관계의 온도를 지킬 수 있다.

내가 좋은 친구의 모습을 마음속에 그리고 있다면,
나 먼저 그런 모습이 되어야 한다.
행운을 무작정 기다리지 말고 나부터 행운의 아이콘이 되어보자.
먼저 웃어주고, 먼저 손 내밀어 주는 그런 사람이 되어보자.

인정

I don't care

●
·

요즘 아이들은 거침이 없다. 말을 하는데도 거침이 없고, 행동하는
데도 망설임이 없는 듯 보인다. 그런 아이들을 보고 있으면 나 어릴 적
생각이 가끔 떠오르곤 하는데, 요즘 아이들과 닮은 듯 다른 모습 때문
이다. 사춘기가 더 일찍 시작된다는 것일 뿐, 놀기 좋아하고 친구 좋아
하고 그맘때 아이들이 겪는 과정은 비슷하다.

나 어릴 적 그러니까 지금은 초등학교라 부르는 시절 얘기를 할까
한다.
나의 아버지께서는 시장 한가운데에서 신발가게를 운영하고 계셨
다. 그런 아버지 덕에 지금은 하이힐이라 부르는 뾰족구두를 신고 아
가씨 놀이를 하며 놀곤 했다. 반짝반짝 선명한 빨간색의 뾰족구두는
어린 소녀의 눈에 너무나 영롱한 것이었다. 그 영롱한 것을 장난감 삼

아 놀 때면 어찌나 신이 나던지. 잘 신고 놀다가 제자리에 다시 넣어두면 됐으니, 진열장 뒤의 내 어릴 적 놀이터는 비좁지만 충분했다. 80년대 시골 장터 신발가게는 운동화에 구두, 성인화, 아동화가 한데 있었고 장화와 고무신도 늘 손이 닿기 좋은 곳에 있었다.

고무신은 가게의 필수 아이템이었다. 시골 할머니 할아버지들은 여전히 고무신을 신고 다니셨으니 고무신 없는 신발가게는 신발가게가 아니었다. 색깔은 두 가지로 하얗거나 까맣거나 흑백텔레비전과 같았고, 발바닥이 납작하니 신는 대로 쭉쭉 늘어나는 고무신은 어린아이부터 어른 사이즈까지 두루 준비돼 있었다.

물건이 빠지면 새 물건이 들어오기를 반복했는데, 어느 날 내 마음을 사로잡는 신발이 하나 들어왔다. 꽃고무신이었다. 말 그대로 알록달록 어여쁜 꽃이 그려진 고무신! 희고 까만 고무신만 보다가 눈을 번쩍이게 하는 신상이 들어온 것이다. 심지어 그동안 보아온 납작 고무신이 아니고 아찔한 높이의 굽도 있었다. 매력적이었다!

한눈에 들어온 그것을 그냥 두고 바라만 보는 건 예의가 아니다. 내가 누군가, 신발가게 딸내미가 아닌가! 내 발 크기는 너무나 잘 알고 있었고 내 손으로 발에 맞는 고무신을 찾아 신는 건 식은 죽 먹기였다. 나는 냉큼 신어본 내 인생 첫 꽃고무신에 매료되어 신었다가 벗기를 몇 번이고 반복했다. 차마 부모님께 달라는 말은 못 하고 말이다. 원래

대로 벗어놓은 꽃고무신을 누가 사 갈까 봐 걱정되면서도 '신고 싶다.' 라 말을 못 하는 아이. 다음 날 또 가게를 찾아가 신어보고 만져보고 하는 게 어린 소녀가 할 수 있는 전부였다. 하도 한자리에 앉아, 같은 고무신을 만지작거리는 걸 보시고는 엄마가 입을 여셨다.

"여보, 경미가 저 신이 신고 싶은가 봐요. 너 그 꽃고무신 신고 싶니?"

나는 입술 대신 고개로 대답을 했다. *끄덕끄덕*. 그렇게 소녀는 원하던 신발을 얻어냈다. '꽃고무신!'

그날 밤 꽃고무신을 머리맡에 두고 자며 마냥 행복했던 소녀는 다음 날 아침 등굣길이 너무도 신났다. 운동장을 가로지르는 것도 신나고, 아이들에게 자랑거리가 생긴 것도 신나고, 신발을 벗어서 신발장에 놓은 것도 신나고, 온통 즐겁기만 했다. 신발을 갖게 허락해 준 엄마아빠도 너무 고맙고 은근히 성공한 나의 계획(말없이 한곳에 머물며 누가 봐도 좋아하는 티가 역력한 소리 없는 외침)도 맘에 들었다.

소녀의 어린 날은 그렇게 소박했다. 소녀의 소박했던 행복, 그 시간에서 나는 행복을 본다.

행복은 그렇듯 단순하다.

다시 생각해 보면 행복이 하늘을 찌르던 때의 나의 모습은 우스꽝스럽기 짝이 없었을 것이다. 치마저고리를 입은 것도 아니고 평범한 아동복에 생뚱맞게 신은 꽃고무신이라니 말이 되는가 말이다. 그래도 그 아이는 좋았다. 세상 행복했다. 누군가를 행복하게 하는 건 세상의 온갖 기준이 아닌 내 안에 있는 것이니까 말이다. 그 순간만큼은 난 누군가의 시선 따위 신경도 쓰이지 않았다. 한마디로 'I don't care'였다.

아이들을 키우다 보면 '아이 돈 케어' 상태가 훨씬 주도적이고 행복한 것을 알 수 있다.

우리 집 막내가 유치원을 다닐 때다. 비가 오지 않는 날도 장화를 신겠다는 아이들의 고집이 어떤 것인지 아이를 키워본 엄마라면 다들 한두 번 겪어봤을 것이다. 그렇다면 장화를 짝짝이로 신고 가겠다는 아이는 어떻게 해야 할까? 내 선택은 당연히 그냥 원하는 대로 보내는 것이다. 기대에 찬 얼굴로 해맑게 웃는 아이를 보고 있으면 안 된다고 해야 할 이유가 하나도 없기 때문이다. 위험한 일도 아닌데 굳이 막을 필요가 있을까? 안 된다고 생각한 많은 것이 정말 막아야 할 일일까? 행복을 단순한 데에서 찾겠다는 나의 행복론도 안 될 이유가 없지 않은가.

물론 인생은 단순하지 않다. 때론 복잡하고 꽤나 어려우며 심각할 때가 수두룩하다. 중대한 결정을 해야 할 때도 많고 사소한 결정부터 하나하나가 고민의 연속이고 선택의 연속이다. 하지만 조금 단순한 기준을 갖고 있으면 삶이 가벼워진다. 그중 하나는 할까 말까 고민이 될 때인데, 누군가의 시선을 신경 쓰는 일이 생기게 된다.

그때 '아이 돈 케어' 정신을 살리면 된다. 어떻게 보이는가 보다 내

심장이 두근거리는 일을 택하면 선택이 쉽다. 왜냐하면 심장을 두근거리게 하는 일은 대부분 '행복'이라는 이름을 숨기고 있기 때문이다.

'그러면 안 돼.'라고 말하기 전에 한 번 더 물어보는 건 어떨까?

"Why not?"

유방암이라는 사실을 알고 수술을 받기 전이었다. 가슴 한쪽이 없어지기 전에 그나마 멀쩡한 몸일 때 사진을 남겨두고 싶다는 생각이 문득 들었다. 언젠가 가수 인순이 씨가 '더 늙기 전에 누드사진을 찍고 싶다.'던 인터뷰를 본 것이 기억났다. 오늘이 살아있는 날 중 가장 젊은 날이라던 그녀의 말이 내게 인상적이었나 보다. 아이 셋을 낳은 사십 중반의 몸이지만 가슴에 칼자국이 있기 전에 찍어두고 싶어서 소장용으로 누드사진을 찍었다.

'누가 알면 미쳤다고 하려나?' 싶은 생각이 없었던 건 아니지만, '내 돈을 들여 내가 찍겠다는데, 뭐 내 맘이지.'

나는 'I don't care' 정신을 소환했다.

그리고 얼마 전 라틴댄스를 시작했다. 느닷없이 살사댄스를 배우고 싶다는 생각이 들어서였다. 몇 해 전 샌프란시스코를 여행했을 때 우연히 배웠던 라틴음악의 리듬이 발끝 어딘가에 숨어 있다가 고개를 든 것이다. 광장에서 자유롭게 만끽하던 라틴댄스의 느낌, 그리고 이름도 모른 채 손목을 내어주고 함께 춤을 추던 낯선 남자와의 스텝이 강렬하게 기억에 남아 있었나 보다.

옛날 같으면 춤바람 난다고 했을 테지만 그 또한 'I don't care'다.

타인의 시선보다 내가 원하는 것을 추구하는 '아이돈케어 라이프'는 제법 짜릿하고 매력적이다. 그러니 누군가의 시선이 두려운 자여! 턱 끝을 살짝 올리고 시선은 위로 15도 방향을 한 후 도도하게 말해보자.

"I don't care"

삶이 조금 더 명료해지고, 주체적으로 될 것이다.

나에게로 떠나는 여행

세 아이를 키우다 보면 억 소리가 날 정도로 힘들 때가 있다. 아이들이 어렸을 때는 몸이 힘들었는데, 손이 덜 가도 될 만큼 크고 났더니 마음 쓸 일이 더 많아진 탓이다. 형제자매가 두 세 살 차이가 나는 이유가 엄마가 동시에 두 명을 업고 이동할 수 없으므로 한 명이 걸어 다닐 수 있을 때 동생을 봤던 원시 시대부터의 지혜였건만, 나도 분명히 4년과 2년이라는 터울을 두고 낳았는데, 어쩌다 사춘기는 동시에 와버렸다. 한 녀석이 문제가 생기고 나아질 만하면 또 다른 녀석이, 그 녀석 조금 잠잠해졌나 싶으면 어미 편할까 봐 그러는지 바로 배턴터치 해가며 사고를 쳐 주신다. 버티다가 도저히 안 되겠다 싶을 때 도망가듯 떠나 버릴 때가 있다.

"할머니와 며칠 지낼 수 있지?"

"엄마, 어디 가요?"

"제주도."

그렇게 통보하듯 말하고 냉장고를 가득 채워 놓고는 훌쩍 집을 나선다.

일행은 없다. 혼여행이다. 일정도 없다. 대부분 이렇게 떠나는 여행은 즉흥적이다. 어느 곳에 가서 무얼 먹고 무엇을 보고 어디를 가느냐가 중요한 게 아니다. 그냥 나를 집에서 먼 곳으로 데려다 놓으려는 데에 목적이 있기에 다른 것은 문제가 되지 않는다. 숨구멍을 트이게 해주는 것. 그게 필요하기 때문이다.

짐은 단출하다. 자그마한 캐리어에 최소단위의 짐을 챙겨 넣는다. 설렘은 없다. 그렇게 짐을 챙겨 떠나는 날이면 병원에 입원하러 가는 길이 생각나곤 한다. 오로지 나 하나 챙기자고 떠나는 길. 암 덩이 있는 가슴을 도려내러 떠나는 길에 설렘이 없었듯, 엉켜버린 머리와 어수선한 마음 안고 떠나는 발걸음이 가벼울 리가 없다. 그래도 돌아오는 길엔 뭐라도 비워내질 것이라는 믿음에 저벅저벅 집을 나선다.

가볍지 않았던 마음이 조금씩 깃털을 장착하는 건 언제부터일까? 목적지에 도착하면 비로소 '아⋯, 내가 떠나왔구나!' 싶은 마음이 들면서 '오길 잘했어. 훌륭한 결정이었다!' 하며 표정이 밝아진다.

이제 본격적으로 나와의 여행이 시작된다.

'뭐 먹을까? 뭐 하고 싶어? 어디 갈래? 그냥 쉴까?'

그렇게 훌쩍 떠나온 내가 기특해서 '잘했다.'며 자꾸 칭찬해 주고 '너 하고 싶은 거 해. 네 맘대로 해!'라며 나를 허락한다.

가끔은 명상 마을을 찾아간다.

제주도보다 비용이 적게 들고, 비행기 예약 없이도 떠날 수 있어서 좋다. 무엇보다 명상 마을에서 주는 건강한 밥과 고즈넉한 산속의 기운은 오롯이 쉼의 기운을 담고 있어서 내 안의 또 다른 나에게 집중하게 도와준다. 책을 보기도 하고, 그러다 스르륵 낮잠에 빠져들어도 놀란 듯 일어나 서두르지 않아도 되는 곳. 쉬다가 걷다가, 하늘을 벗 삼고 개울 소리를 음악 삼아 듣다 보면, 시끄러웠던 마음을 조금 내려놓게 된다.

그렇게 내 마음이 보이고 나면, 그제야 아이들 마음이 보인다. '그래, 아이들은 아직 어리니까. 내 속을 썩이려는 마음이 있어서 그러는 건 아니지. 아이들도 그냥 딱 그만큼인 거지. 나이만큼인 거야. 그러니 더 기다려줘야 하는 거겠지. 서두르지 말고. 조급해하지 말고. 지금까지 이 정도면 잘해 왔으니 계속 믿어주자.'

여행을 다녀오면 아이들은 아무 일 없었던 듯이 집을 지키고 있었다. 생각해 보면 그것도 참 고마운 일이다. 그렇게 우리는 따로 또 같이 가족의 이름으로 서로를 기다려주고 있나 보다.

집을 떠나서 내가 집중해서 하는 일은 나를 잘 먹이고, 나를 잘 쉬게 하고, 내 마음이 하는 말을 듣는 것이다.

집에 머물면 내가 해야 하는 일들과 내 시선에 걸리적거리는 아이들의 행동, 일상이 주는 삶의 버거움이 뒤범벅되어 표면적으로 떠오른 문제가 더 크게 보이면서 괴로움이 증폭된다. 아이들의 문제는 늘 그렇다. 같이 나눌 배우자가 있으면 덜 했을까. 혼자 감당해야 하는 문제가 생기면 모든 게 내 탓만 같아서 두 배 세 배로 자책을 하게 되고 우울해지는데, 물리적인 공간의 변화를 주어 우울함이 동굴을 찾아가지 않게 해주는 방법이 내게는 특효가 있었다.

얼마나 다행인지 모르겠다. 내가 나를 달래는 법을 알아서 말이다. 어찌할 바 몰라서 서성이고 방황하면 가장 괴로운 건 나 자신이지 않은가?

얼마 전 아들 녀석이 친구와의 전화 통화를 끊더니 말했다.
"중학교 때 같은 학교 다니던 애가 죽었대요."
"뭐라고? 어떡하다가!"
"네, 4층에서 떨어졌대요. 외고 갔는데…."
" 자살이야? 성적비관으로 죽은 거야?"
"몰라요."

마침 시험 기간이어서 더 섬뜩했다. 정말 성적이 가슴을 옥죄이고 목을 졸라서 그런 선택을 한 거라면 얼마나 안타까운 일인가. 그 어떤 이유라도 안타까운 건 매한가지겠지만, 죽을 만큼 공부가 힘들었다는 건 이 나라에 사는 어른으로서 너무 미안한 일이다.

안 그래도 아들 녀석이 시험 기간을 앞두고 힘없는 목소리로 말했었다. 이렇게 공부만 계속하다가는 죽을 것 같다고 그러더니 새벽에 바람 쐬고 오겠다고 허락을 구했다. 걱정됐지만 동네 한 바퀴 달리고 온다길래 그러라 했다. 답답해서 나가야겠다는 아이를 집에 가둘 수가 없었다. 몸이 원하는 것이 무엇인지를 알아서 다행이고, 해결할 방법이 있으니 그나마 다행이라고 생각했다.

방법을 찾아야 한다. 내가 살아남을 궁리를 해야 한다. 미치고 팔짝 뛸 것 같을 때 그냥 뒀다가 미쳐버리고, 죽을 것 같이 힘겨울 때 살피지 않으면 누군가를 잃을 수도 있다. 피곤하고 지치면 음식과 휴식 수면으로 에너지를 충전해야 하듯이, 마음이 지칠 때 회복할 방법을 찾아야 한다.

몸과 마음이 균형을 잃어갈 때, 미루지 말고 들여다보자. 지금 괜찮은지, 나에게 필요한 게 뭔지, 가만히 눈을 감고 숨을 깊게 들이마시며, 원하는 것을 들여다보자. 내가 괴로울 때 빨리 알아봐 주고 괴로운 나를 코너로 몰아넣지 말고 도움의 손길을 뻗어보자.

'지금, 이 순간 너가 원하는 게 뭐니? 필요한 게 뭔지 말해 봐!'
'너는 충분히 네가 원하는 걸 누릴만한 자격이 있어!'
우리는 모두 그럴 자격이 있다.

소박했던 그리고 행복했던

특별할 것 없는 보통의 하루. 너무도 평범해서 자랑할 것도 부러워할 것도 없는 우리의 소박한 삶. 다람쥐 쳇바퀴 도는 듯 느껴지던 일상이 깨졌다.

사스, 메르스 기억하는 이름은 많지만 역대급으로 센 놈이 쳐들어왔다. 마스크를 착용해야만 집을 나설 수 있고, 외식도 조심스러워 집밥을 선호하는 지금. 모임과 주말여행도 조심스럽고 행동의 제약이 따르는 생활을 지속하면서 우리는 예전의 일상을 그리워하고 있다.

행복이 일상을 깨는 경우는 없다. 행복은 어쩌다 피어난 한 송이 꽃 같고 향기 같은 것이어서, 꽃이 시들어 향기가 사라지기 전까지 충분히 누리면 된다.

그러나 고통은 다르다. 고통은 일상을 깨는 주범이다. 질병의 고통, 경제적 고통, 심리적 고통 등 다양한 모습으로 다가오는 고통이라는 놈은 단번에 우리의 일상을 깨버리고, 괴로움 속에 허우적거리게 만들어서 도통 적응이 되는 법이 없다. 단지 고통을 어떻게 달래야 하고, 어떻게 피해가야 하는지를 알게 될 뿐이라고나 할까.

모두가 일상을 그리워하는 요즘, 나는 몇 년 전 일이 떠올랐다.

수술한 다음 날이었다. 혼자 힘으로는 일어나 앉지도 못하는 상황이었는데, 도움을 받아 억지로 일어나 시간 맞춰 들어온 식판을 마주하고 앉았다. 밥 생각은 없었지만, 회복을 위해 한술 뜨라는 엄마의 말에 숟가락을 들었다. 수술 부위는 갈비뼈를 떼어 낸 것같이 아팠고, 코는 막혀서 숨쉬기도 힘든데 밥을 떠 넣으니 모래알 같아서 도저히 삼킬 수가 없었다. 생전 처음 느끼는 이물감에 울컥 눈물이 났다. 이렇게까지 먹고 살아야 하나 싶은 생각에 나 자신이 초라하게 느껴져 서러웠다. 거기다가 칠순이 넘은 노모의 간호를 받고 있으니, 못 할 짓을 하고 있다는 미안함과 죄스러움이 범벅이 되어 감정을 주체할 수가 없었다.

식판을 밀어내고 나오는 눈물 콧물을 주체하지 못하다가 결국 한 움큼 휴지에 쏟아 냈는데…

코가 뻥 뚫리니 숨이 쉬어졌다.

"엄마, 코를 풀었더니 살 것 같아."

조금 전까지도 죽을 것 같더니, 숨통이 트이니 고통이 있어도 살 만했다. 말을 하면서도 얄팍한 내 모습이 어이없어서 웃음이 났다. 지금 상황이 희극과 비극이 절묘하게 섞인 인생체험 프로그램인 '인간극장과 다큐멘터리 3일'같이 느껴졌다.

"항암이 힘든 건 일상을 유지할 수 없다는 거구나." 행동에 많은 제약을 받던 그때, 나를 지켜보던 친구는 이런 말을 했다.

그렇다. 일상을 유지할 수 없다는 것은 분명 낯설고 불편하다. 아니 불편함을 넘어 괴롭다. 실제로 코로나 이후로 우울과 불안, 분노와 같은 심리적 장애를 호소하는 사람들이 크게 늘었다고 한다. 전문가들은 심리적 방역이 필요하다고 했다.

정신과 전문의 정혜신 박사는 저서 《당신이 옳다》에서 '요즘 마음이 어떠세요?'라고 물어볼 수 있어야 한다고 했다.

나는 이 질문이야말로 타인이 아닌 자신에게 물으며 내 마음을 들어 봐야 한다고 생각한다.

'지금 마음이 어때?'

내 기분이 어떤지 알고, 느껴지는 기분이 어디에서 오는 것인지 알아야 한다. 짜증과 불편함이 올라오는 것을 겉만 보아서는 안 된다. 겉으로 드러나는 감정 속에 숨어 있는 좀 더 깊숙한 곳의 마음을 들여다볼 수 있어야 한다. 짜증 안에 억울함, 불안, 피곤이 숨어 있을 수 있기 때문이다. 제대로 들여다보아야 무엇이 필요한지 알 수 있다. 돌볼 수 있다. 채워줄 수 있다. 나의 마음이 어떤지 무엇에서 오는 것인지 알아야 나의 심리적 안정을 찾고 평온을 유지할 수 있다. 그것이 먼저다. 외부 자극이 날카롭게 다가오거나 무디게 느껴지는 것 역시 자신의 심리적 안정과 불안에 따라 다르게 느껴질 수 있어서, 나를 돌보고 평정심을 유지하는 것이 먼저다.

우리가 느끼는 흔한 감정 중 하나가 불안이다. 그러나 불안과 두려움이 조심을 넘어서 마음의 전염병이 되지 않도록 내가 할 수 있는 것을 찾아봐야 한다. 불안은 불안을 낳고 두려움이 두려움을 낳는다. 이것은 콩 심은 데 콩 나고 팥 심은 데 팥 나는 것과 다를 것이 없다. 그러니 내가 무엇을 가슴 깊이 품고 있는지, 뿌리내리게 했는지 들여다보는 것이 필요하다.

얼마 전 내게 불안이 쓰나미처럼 밀려왔다. 다시 한번 일상이 무너지는 고통을 느껴야 했다. 당연히 건강하게 완치 판정을 받을 줄 알았는데, 3년 정기검진 과정에서 전이가 되었다는 통보를 받고 말았다. 지나친 긍정이 화를 불렀을까. 아프지 않은 사람처럼 일하고, 일상으로 복귀했던 나는 또다시 암이라는 현실에 무릎을 꿇어야 했다. 슬펐다. 내가 틀렸다는 사실이 괴로웠다. 긍정에 배신을 당하고 싸대기를 맞고 나니 정신이 혼미해졌다.

암은 고치면 되고, 다시 잘 살면 되고, 괜찮을 거라고 철석같이 믿었던 것이 얼마나 바보 같은 짓이었는지, 꼭 그렇게 뒤통수를 된통 얻어맞고 나서야 정신을 차린다.

유방암 3기에서 졸업을 해야 했는데, 자동으로 4기 환자가 되었다. 원치 않던 자동 업데이트에 적응이 되지 않았다. 의료진은 내게 또다시 항암을 해야 한다고 했다. 자연치유를 해볼까 하는 내면의 유혹도 있었지만, 나는 그냥 의료진을 신뢰하고 그들이 권하는 치료법을 따르기로 했다. 참으로 유순한 환자다.

암세포가 전이된 몸뚱이야 병원의 지시를 따라 치료를 시작했지만, 마음은 온전히 나의 몫이었다.

나는 언제까지 살 수 있을까?

아이들이 성인이 될 때까지는 살 수 있을까?

큰딸이 결혼하는 것을 볼 수 있을까?

아들이 군대 가는 것은 볼 수 있을까?

막내가 대학 가는 것은 볼 수 있을까?

질풍노도의 터널을 지나고 있는 아이들이 가장 큰 걱정이었다. 나의 삶이 50년을 못사는 것은 걱정이 아니다. 하지만 아이들은 다른 문제다. 걱정이 불안이 되고 불안이 일상을 갉아먹었다.

아이들도 알아야 할 것 같아서 엄마의 상태에 대해 알려 줬다. 치료를 다시 해야 한다고 했다.

"그럼 그때처럼 엄마가 또 많이 아파요?"

"글쎄 엄마도 안 해 본 거라서, 머리는 안 빠질 거래."

고맙게도 우리 아이들은 큰 동요 없이 일상을 살고 있다. 나만 잘하면 되는 거였다. 그래서 나는 더욱더 나의 마음을 잘 들여다보려고 한다. 엄마인 내가 마음의 동요 없이 일상의 평온함을 유지해야만, 우리 가족의 일상이 깨지지 않고 하루하루를 지낼 수 있기 때문이다.

'지금은 마음이 어때?'

내 마음이 말을 한다. 크게 기쁘지 않고, 엄청난 행복이 넝쿨로 굴러들어 오지 않아도, 소소하게 소박하게 그날이 그날 같아도, 평범한 이 하루가 선물이라고. 별다를 것 없는 일상이 소중하고 감사라고.

흔하디흔한 오늘 하루야말로 남겨질 사람들의 기억에 오래도록 남을 선물이다. 그러니 선물 같은 일상을 기쁘게 맞자. 아침이 오면 커튼을 열어 하늘을 보고, 저녁이면 식탁으로 식구들을 초대하자. 아침을 예쁘게 열고 하루를 감사하게 닫는 것. 우리가 맞이하는 하루하루마다 할 수 있는 최고의 예의가 될 테니 그렇게 하기로 했다. 그렇게 하기로 하자.

이젠 잊기로 해요

이혼은 서로에게 확실한 상처다.

내가 더 아프다고 말하겠지만, 상대도 아팠으리라. 이혼이란 서로
가 서로를 거부한다는, 당신이라는 사람 죽도록 싫어서, 나의 삶에서
당신을 도려내겠다는 단호한 결심이고 행동이다. 하지만 아이가 있으
면 완벽한 도려냄이란 쉽지 않다.

"아이가 있는데 어떻게 끝이 나니?"

지인이 건넨 한마디는 인정하고 싶지 않았지만 사실이었다. 이혼
을 하고도 이러저러한 이유로 서로 얼굴을 붉혀야 할 일은 또 생겼다.
끝나도 끝난 게 아니라는 말도 있듯이 정말 완전한 엔딩은 없었다.

결혼 전에는 말이 잘 통한다고 생각했는데, 살다 보니 안 통하는 게
말이었다. 말싸움은 늘 내가 졌다. 그러니 싸움을 피해 가는 방법을 알

아갈 뿐이었다. 나는 말을 아끼다가 이내 입을 닫았다. 내가 원하는 것을 전달하는 법을 몰랐다. 하지만 원하는 것이 없었을까. 그냥 포기하고 참으면 아무 일 없이 지나갈 수 있으니 나는 회피하거나 맞춰주기를 선택했다.

결국, 대화의 기술이 없던 두 사람의 끝은 칼로 물 베기가 아닌 무 자르기였다.

아이가 없는 부부였다면 뒤돌아 서로의 갈 길을 가면 되지만, 부모라는 이름은 나눠 가지게 되는 순간 다른 차원의 일이 되는 것이다. 한마디로 아이를 둔 부부의 연 끊어내기는 무 자르듯 단순하지 않았다. 마치 마의 뿌리를 잘라내면 덩어리와 덩어리 사이에 끈끈한 점액질이 뒤엉키듯이 뭐하나 선명하게 나뉘지 않는다는 표현이 맞을 것 같다. 미끈거리고 끈적한 유쾌할 수 없는 그 무엇. 그러나 그조차 받아들여야 했고 익숙해져 갔으며 희미해져 갔다.

'밉게 날 기억하지는 말아줄래요'

악동뮤지션의 〈오랜 날 오랜 밤〉에 나오는 예쁜 사랑 노래의 가사는 그냥 우리의 바람이고 희망일인지도 모른다. 젊은 날 풋사랑이 주는 곱디고운 바람과는 달리, 현실에서 마주하는 헤어짐은 앙칼지게 손톱을 세우고 서로를 물어뜯고 지쳐 떨어질 때가 되어야 겨우 정리가 되다시피 하는 경우를 적지 않게 보았다.

왜 우리는 이렇게도 이별에 미숙한 걸까.

정중하고 조심스럽게 접근했다. 그도 그렇게 하려고 애쓰는 것 같았다. 더 이상 부부는 아니지만, 아이들에게는 부모의 책임을 다하고 싶었다.

한바탕 진흙 싸움을 하고 헤어지기로 합의를 했을 때, 아이 아빠는 마지막 식사 자리에 편지를 써 왔다. 그 많은 말들이 다 기억은 안 나지만 10년의 결혼생활에 눈물로 종지부를 찍고 있었음을 정확히 기억하고 있다. 그동안 하지 않았던 속엣말을 해줘서 고맙다는 마음이 들었다. 누구의 잘잘못을 따지기 전에 서로가 너무 멀리 와버렸음을, 회복하기 힘든 강을 건넜음을 각자가 알고 있었다.

나름 마지막은 고상했으나, 그것으로 전쟁이 끝난 것은 아니었다. 이혼한 후에도 아이들 문제로 말을 섞어야 할 일은 있었고, 내 의중을 고스란히 전달해야 할 때면 고민이 되었다. 말이 길어지면 서로의 의견이 달라 다시 감정싸움과 힘겨루기를 하는 일이 생겼고, 끝나지 않은 갈등으로 피곤하고 힘들었기에 피할 수 있으면 피하고 싶었다. 결국, 내 생각을 고스란히 전하면서 마찰이 없게 할 방법을 고민하다가 말이 아닌 글을 선택했다.

편지를 쓰기로 한 것이다.
컴퓨터 앞에 앉아 글을 적기 시작했다. 꼬박 두 시간 걸려 몇 페이지가 되는 글을 써서 보냈다. 보고 또 보고, 상대가 보고 혹여 오해할 만한 소지의 표현은 없는지 고치고 또 고쳤다.

고맙다는 말도 잊지 않았다. 아이들에게 최선을 다해줘서 고맙다고, 당신은 참 좋은 아빠라며 존재로서 인정해 줬다.

말보다 나았던 걸까. 전남편은 태도를 바꾸기 시작했다. 내가 먼저 태도를 바꾼 덕분일까? 늘 내게 불만이 있는 사람이었는데, 조금씩 감정이 누그러짐이 느껴졌다. 최대한 말 섞을 일을 만들지 않았지만, 아이들 때문에 꼭 해야 할 말이 있을 때면 서로 의논하고 공감해 주려고 노력했다.

가장 큰 도움을 요청해야 했던 일은 내가 아프고 나서다. 나의 상황과 병명을 전남편에게 말했고, 그는 어느 정도 충격을 받았던 것 같다. 오래전 일이 떠올랐다.

부부라는 이름으로 같이 살고 있을 때였다.

텔레비전에서 유방암에 대한 프로그램이 방영됐는데, 그걸 보고는 적잖이 놀랐는지 아이 아빠가 말을 건넸다.

"다른 암도 아니고 여자한테 유방암은 너무 치명적일 것 같은데, 잘라내야 하기도 하고, 흉터도 남고, 다른 암보다 여자로서 정신적으로 충격이 크겠다."

"그렇겠지."

별생각 없이 대답을 해버렸던 그 날이 아직도 기억에 남아 있다.

그도 그때의 대화를 기억하고 있었던 건지, 항암을 시작하며 아이들 돌봐줄 수 있겠냐고 부탁했을 때 기꺼이 '그러마.'하고 도와줬다. 안 키우던 세 아이 밥해 먹이랴, 큰집 살림까지 쉽지 않았겠지만, 최선을 다하는 게 보여서 고마웠다. 항암이 거듭될수록 고통스럽고 힘들어졌을 땐 결국 끙끙대며 혼자 아이들을 감당해야 하는 상황이 되었지만, 이미 애쓴 모습을 알고 있었기에 그것으로 감사하기로 했다.

그로부터 3년 후 전이가 되고 치료를 위한 난소 제거 수술을 받으러 가야 했을 때, 나는 또 아이 아빠에게 도움을 요청할 수밖에 없었다. 아이 아빠는 이번에도 놀란 모양이었다.

"도대체 왜 그러냐!"

'내가 아프고 싶어 아픈가, 왜 그러냐니!'

어이가 없어 살짝 화가 났다가, 나무라는 뜻이 아닌 걱정의 표현이라는 것을 알게 됐다. 말씨가 예쁘지 않은 사람이 하는 걱정된다는 말 한마디. 겉말이 품은 속엣말의 의미를 알고 나니 내 마음의 오해가 풀렸다.

그 뒤로 어쩌다 가끔 아이들 이야기가 아니고도 연락이 온다.

'몸은 어떠냐?'고 나는 '괜찮다.'고 말하고는 '고맙다.'는 말을 덧붙였다.

나는 그에게 잊지 못할 첫사랑이었고, 그런 그에게 나는 평생 꽃 같은 사랑으로 남고 싶었다. 참으로 순수하고, 철이 없었다. 10년을 함께 살고, 10년을 각자의 삶을 살아온 한때 부부였던 사람들. 헤어지고 5

년은 욱신거리고 가렵고 걸리적거리는 딱쟁이 같더니, 살았던 시간만큼 세월이 흐르니 상흔이 어디였나 싶다.

미웠던 사람조차 미운 기억이 희미해지는데 걸리는 시간은 아마도 강산이 변한다는 10년쯤의 세월이 필요한가 보다.

그러니 억지스럽게 딱지를 떼어내려 할 일이 아니다. 상처에 딱지가 생기는 건 낫고 있다는 표시니까 흉스러워도 그냥 그대로 둬야 한다. 긁어 부스럼 만들어 봤자 또다시 그 자리에 새 딱지가 생겨 새 살이 올라오는 시간만 더뎌질 뿐이다.

상처에 시간을 주자. 제아무리 깊은 상처도 시간이 흐르면 무뎌질 거고, 망각의 힘에 기대 보는 것도 나쁘지 않다.

엄지척

‘칭찬은 고래도 춤추게 한다’는 말은 사람들을 춤추게 했다. 그리고 칭찬은 ‘늑대 소년’도 춤추게 했다. 송중기와 박소영이 주연으로 나왔던 2012년도 영화 〈늑대소년〉을 보면 칭찬이 얼마나 효과적인지, 쓰담쓰담의 터치가 얼마나 오래도록 깊게 마음속으로 파고들 수 있는지를 정확하게 보여준다. 그리고 영화에서는 “칭찬 많이 해 줘. 남자들은 그런 거 좋아해.”라고 하며 남자들에 대한 이해를 도왔지만, 사실 여자들도 좋아한다.

인사동 전통찻집에서 차를 마시고 있을 때다.
건너편 오십 대 중반을 넘어선 것으로 보이는 여자분들이 즐겁게 이야기꽃을 피우고 있었는데, 그녀들의 수다에 나도 웃음이 나올 뻔했다.

"어머 너는 어쩜 그렇게 변한 게 하나도 없니, 옛날하고 똑같다 애!"

"아휴, 무슨! 팍삭 늙었는데."

"아니야, 너 진짜 그대로다. 애!"

그럴 리가, 똑같을 리가 없지 않은가. 잠깐의 대화만 들었는데도 자주 보는 사람들은 아니란 걸 알 수 있었다. 몇 년 만에 만난 사람들인지는 모르겠으나, 십 년이 되었든 그보다 짧은 시간이었든 세월은 못 속인다는 말처럼 얼굴에 세월이 한가득 느껴지는데, 여고생들처럼 주고받는 말은 마냥 정겹다.

모르긴 몰라도 친구들에게 예전 모습 그대로라고 칭찬받은 중년의 여자분은 집에 가서도 거울을 몇 번씩 들여다봤으리라. 그리고 잠들기 전 안티에이징 제품을 눈가며 팔자주름에 여느 날보다 더 꼼꼼히 발랐으리라.

칭찬하기는 이렇게 사람을 움직이게 하는 힘이 있다. 예쁘다는 말을 들어본 사람들은 더 예뻐지기 위해 노력하고, 잘한다는 말을 들으면 더 잘하려고 한다.

칭찬을 주고받으면 관계가 좋아진다. 그러니 관계가 좋아지려면 칭찬을 주고받으면 된다. '가는 말이 고와야 오는 말이 곱다.'는 옛말처럼, 오는 말을 좋게 하려면 가는 말을 먼저 곱게 해야 할 텐데, 그중 최고는 뭐니 뭐니 해도 돈이 안 드는 칭찬이다. 그런데 칭찬을 잘 못 하면 아부처럼 보일 수도 있기 때문에 주의를 해야 한다. 그렇다면 어떻게 해야 칭찬을 제대로 잘 할 수 있을까?

칭찬 제대로 하기. 칭찬에도 몇 가지의 규칙이 있다.

첫째, 보이는 것보다는 보이지 않는 것을 칭찬하는 것이다.

다시 말해 외면보다는 내면을 칭찬하라는 것이다. '예뻐요.'라는 표면적인 것보다, '성격이 참 좋으세요. 마인드가 멋지네요.'라는 말이 더 많은 걸 내포하고 있다.

둘째, 소유물보다는 사람을 칭찬하는 것이다. 사람이란 인품, 감각을 칭찬하는 것이다. 예를 들면, 가진 멋진 옷이나 액세서리를 하고 있는 경우, "그 옷 멋있다."보다 "잘 어울리네. 잘 골랐네. 보는 눈이 있네."라고 말하는 것이다.

셋째, 결과보다는 과정을 칭찬하는 것이다. 결과에 과정이 포함되어 있겠으나, 얼마나 애쓰고 노력했는지를 봐주는 것이다. 시험을 잘 본 아이에게 성적만을 칭찬하는 것이 아닌, 그동안 얼마나 열심히 했는지를 알아봐 주는 것이 중요한 이유다.

넷째, 앞에서 칭찬하는 것보다 제 3자를 통해서 칭찬하는 것이다. 발 없는 말은 천 리를 가니 날개를 단 칭찬이 여기저기 훨훨 날아갈 것이다. 그리고 결국 당사자의 귀까지 들어갈 것이다. '그 사람이 너 칭찬하던데!'라는 말을 들으면 직접 듣는 것보다 더 큰 효과를 볼 수가 있다.

몇 년 전 김희애와 유아인이 주연을 맡아 장안에 화제가 됐던 드라마가 있었다. 선생님과 제자로 만나 예술적 끌림으로 서로의 연인이 되어, 드라마 시청자들의 눈과 귀를 즐겁게 하던 〈밀회〉이다. 이 드라마는 배우 김희애의 독특하고 매력적인 톤의 명대사가 유행했는데, 그것은 '이거 특급 칭찬이야.'이었다.

칭찬받아 마땅할 만큼 피아노 연주를 잘 해내는 제자에게 다가가, 살짝 볼을 꼬집으며 전하는 '특급 칭찬'은 듣는 제자에게 효과적이었던 만큼이나 시청자의 심장에 제대로 명중했고, 절로 탄성이 나오게 했다.

여기에 칭찬의 비밀이 숨어 있다. 바로 말과 행동이 동시에 일어나는 이른바 언행일치의 법칙이라고나 할까? 말만 하는 것은 어딘가 부족하다. 그냥 말로만 그런 것 같게 느껴질 수 있기 때문이다. 예를 들어 밥을 먹으며 무표정하게 "맛있다."라고 하면, 진짜 맛있는 건지 듣기 좋으라고 하는 말인지 알 수가 없다는 뜻이다. 손가락을 세워서 엄지척을 하든, 눈을 동그랗게 뜨든, 진심의 미간이 요동을 치든 해야 '아! 진짜 맛있나 보네!'하고 느껴진다.

다시 말해 칭찬은 말과 행동을 함께해야 진심이 전해지고, 효과가 배가 되는 공식이 성립하는 것이다. 그러니 시험을 잘 보고 온 아이에게 "잘했어."만 하지 말고, '궁디팡팡'을 하든 '머리쓰담'을 하든 행동 반응을 해줘야 한다.

조심할 것은 사람마다 친밀감의 욕구가 조금씩 달라서 터치를 좋아하는 사람이 있고, 반대로 터치를 불편해하는 사람이 있다는 것이다. 자기 자식이지만 와서 치대면 금방 지치는 엄마가 있고, 비벼대는 아이를 보면 힘은 들어도 또다시 에너지가 채워지는 경우가 그 좋은 예다. 그러기 때문에 나는 어떤 방식의 칭찬을 좋아하는지, 또 상대가 어떤 칭찬을 좋아하는지도 알아야 한다. 말로 하는 칭찬도 그 사람이 정말 듣고 싶어 하는 딱 맞는 칭찬이 있으니 물어봐도 좋다.

한번은 칭찬법에 대한 강의를 할 때였다. 나는 '역시!'라는 말을 들으면 기분이 좋다고 했더니, 교육생 중 한 남자분이 자기는 그 표현이 억지스러운 것 같아 싫다는 거다. 그럼 어떤 말을 들으면 기분이 좋으시냐고 물었더니, 아내에게 "당신이 최고야."라는 말을 들으면 기분이 날아갈 것 같다는 것이다. 물론 엄지척을 쌍으로 하면서 말이다, 누군가는 그 제스처를 '쌍따봉'이라고 하던데 아무튼 이렇게 칭찬의 말을 할 때 액션과 함께하면 금상첨화일 것이다.

잊지 말자. 말과 행동의 만남. 칭찬할 때는 손을 쓰자. 정확하게 상대를 바라보며 날리는 엄지척이 우리를 둘러싼 관계를 유연하게 만드는 가장 쉽고 강력한 도구가 될 것이다.

난 얘기하고 넌 웃어주고

내겐 말을 아주 잘 들어주는 친구가 있다. 무슨 얘기를 해도 그럴수 있다고 이해해주는 친구. 말하기보다 들어주는 시간이 많은 친구, 섣부른 조언을 쉽게 하지 않는 친구. 내가 나쁜 짓을 하고 가도 묻지 않고 덮어줄 것 같은 친구. 한마디로 막역지우다. 이 친구를 생각하면 늘 든든하고, 친구 복 하나는 확실하다는 생각에 늘 고맙다.

그런 그녀는 나에게만 고마운 사람은 아닌가 보다. 유난히 공감의 깊이가 남다른 그녀에겐 좋은 사람들이 많기 때문이다. 그녀의 마법 같은 비결은 무엇일까?

내 생각으로는 그녀의 한결같은 태도에 있는 것 같다. 준비된 대화 파트너라고 하는 것이 맞겠다. 경청과 신의, 신중함을 고루 갖춘 그녀는 주변에 적이 없는 것 같아 보였다.

그녀 주변에 고민이 있는 사람들은 하나둘 그녀에게 대화를 요청했고, 그녀는 기꺼이 시간을 내어주었다. 사람들의 카운슬러 역할을 하게 된 것이다. 짐작이 가는 것은 이 친구의 역할이다. 분명 들어주는 입장일 것이다. 좀처럼 이런저런 토를 달아 얘기를 하기보다는 늘 잘 듣는 편인 친구. 나에게 그러하듯이 누구에게라도 그럴 것이라는 게 나의 추측이자 확신이다.

그리고 비밀 유지가 확실하다는 것이 사람들이 그녀를 찾는 또 다른 이유이다. 말을 하고 나서 혹시나 조직 내에 말이 새어나가진 않을까 걱정할 일이 없어 안심이라는 것이 찾아오는 이들의 진심 어린 한마디였다. 말을 해놓고 뒤탈이 없는 것이 최고이니, 신의를 지키는 그녀는 사람들에게 사랑받을 만하다.

또한, 그녀는 매우 신중한 성격을 갖고 있다. 잘 들어주되 섣부른 결론을 내리고 말하지 않는다. 입이 무거운 그녀는 좀처럼 경솔한 법이 없고, 경솔할 일이 없으니 실수할 일도 적다. 단지, 중요한 결정을 할 때면 옆에서 내가 놓치는 것은 없는지, 경우의 수를 생각하게 할 뿐, 극단적인 발언을 한다거나 대신 결정하지 않는다. 가볍지 않고 신중한 친구다.

팔랑귀를 가진 나의 귀에 바람막이가 되어주고, 멀리 보는 눈이 없는 내게 천리안이 되어준 친구, 덕분에 살면서 크게 넘어지고 다칠 일을 모면할 수 있었던 것 같다.

무슨 얘기든 잘 들어주는 경청의 자세가 몸에 배어있는 친구, 입이 무거워 신의를 잘 지키는 친구, 그리고 언제나 신중한 태도로 사람을 대하는 친구. 40년을 그런 친구와 함께 나이 들었으니 내의 삶을 대하는 태도는 그녀를 닮고 싶었고, 그러면서 우리는 비슷한 계열의 색을 띠고 있는 게 아닐까 회상해 본다. 먹을 가까이하면 검어지고, 붉은 것을 가까이하면 붉어진다는 말처럼 조금씩 물들어 온 것 같다.

항암을 시작하고 머리카락이 빠진 지 얼마 안 되었을 때다. 나는 한 시간이면 가는 병원을 그 친구는 두 시간을 걸려 나를 위해 다녀가곤 했는데, 뜬금없이 삭발을 하려 했다는 고백을 하는 것이다.

"내가 머리 빠지는데 네가 왜 삭발을 해?"

"아니, 네가 너무 속상해하니까 내가 뭐, 같이 해줄 수 있는 게 없을까 해서 그랬지."

둘이 마주 앉아 그 말에 울다가 웃다가, 눈물 파티를 한번 하는 것으로 해프닝은 마무리됐다. 우리, 하마터면 해외토픽에 나올 뻔했다.

내 삶을 함께 고민해주고, 아파하고 지켜봐 주는 친구. 이런 친구가 있다니 나는 전생에 나라를 구했나 보다.

좋은 친구를 만난다는 것은 분명 행운이다. 삶의 여정 속에 서로의 기쁘고 슬픈 시간을 함께하며, 때로는 가족보다 더한 끈끈함으로 연결되기도 한다.

어느 날 문득 이런 상상을 해봤다.

'나의 임종을 지켜보는 이들에게 나는 무슨 말을 할 것인가?'

만약 평생 내게 휴식 같았던 친구가 내 곁에 있다면 나는 그녀에게 고맙다는 말을 먼저 할 것이다. 그리고 미안하다고 말하고 싶다. 나의 모든 고통과 좌절과 버거움을 네게 나눠서 미안하다고. 기쁨은 나누면 배기 되고 슬픔은 나누면 반이 된다고 했지만, 그런 이유를 핑계 삼아 나는 내가 감당해야 할 괴로움을 지나치게 나누는 과오를 수없이 범했으니 말이다. 그래서 미안하다고 꼭 말하고 싶다. 덩달아 놀라고, 덩달아 걱정하고, 덩달아 아팠을 나의 친구를 이제는 아껴줘야겠다.

프랑스의 속담에 '흙 묻은 발로 남의 정원에 발을 들이지 말라.'는 말이 있다고 한다. 아무 생각 없이 흙발로 담장을 넘었던 것을, 그래서 그녀의 정원을 헤쳐 놓았던 것을, 이 글을 빌어 미안했다고 깊이 사과하고 싶다.

온전히 나의 말을 있는 그대로 들어주는 친구를 곁에 둔다는 것은 삶 가운데 얼마나 큰 행운이고 행복인지, 진정한 친구를 둔 사람들은 알 것이다. 누구나 바란다. 그런 벗이 곁에 있기를. 하지만, 좋은 벗을 바라기 전에 해야 할 일은 내가 먼저 그런 친구가 되어 줄 준비가 되어 있어야 한다는 것이다. 나에게 물어보자. 나는 좋은 친구가 될 준비가 되어 있는가.

내가 좋은 친구의 모습을 마음속에 그리고 있다면, 나 먼저 그런 모습이 되어야 한다.

행운을 무작정 기다리지 말고 나부터 행운의 아이콘이 되어보자.

먼저 웃어주고, 먼저 손 내밀어 주는 그런 사람이 되어보자.

이젠 안녕

●

○

    나는 오른쪽 가슴이, 손재주가 좋았던 그 언니는 왼쪽 가슴이 문제였다. 나는 수술 후 항암을 했고, 그녀는 선 항암 후에 수술을 했다. 발병하기 20여 년 전에 그녀와 나는 지금의 우리를 상상조차 하지 못했다.

    다른 삶을 살다가 만난 우리가 친구가 되는 데 오랜 시간이 걸리지는 않았다. 그녀는 늘 배려가 깊었고, 유난스럽지 않았으며, 따뜻했다. 자주 만나지 못하지만, 한참이라는 시간을 두고 만나도 속 깊은 얘기를 나눌 만큼 가까워졌다. 그러다가 그녀가 먼저 싱글맘이 되고, 내가 후에 싱글맘이 되는 것으로 비슷한 색깔의 삶을 살게 되었다.

    내게 "우리는 용기 있었어."라고 말해주던 그녀.

    그런 그녀가 세상을 먼저 등지고 멀리 가버렸다. 내게 안녕이라는 말도 없이 말이다.

그녀가 먼저 아프기 시작했다. 나는 그런 그녀를 제대로 위로히는 법을 몰랐다. 그녀는 '괜찮다.' 했지만, 괜찮지 않았다. 수술 후 1년 검진을 앞두고 재발하면서 다시 항암을 시작한 지 1년 반쯤, 지난여름 끝자락에 숨을 거두었다.

　　그녀가 세상을 떠나기 전에 나는 몇 번 그녀에게 전화를 걸었다. 그러나 그녀는 받지를 않았다. 내가 여름휴가를 맞아 긴 여행을 떠나기 전에 만나러 가겠다는 약속만 하고 못 지킨 것이 미안했기에, 휴가를 다녀온 후 시간을 내어 찾아갈 생각이었다. 마음이 상하면 연락을 안 받곤 하는 그녀를 아는지라 나는 또 그런 줄로만 알고 있었다.

　　그런 그녀에게 부재중 전화가 와 있었고, 반가운 마음에 건 전화를 그녀의 큰아들이 받았다.

　　"엄마가 전화했던데?"
　　"엄마가 오늘 돌아가셨어요⋯."

　　가슴이 덜컥 내려앉았다. 왜 이제야 연락을 했냐고 소리쳐 봐도 소용이 없었다. 허망한 것은 아무것도 바꿀 수 없고, 바뀌지 않는다는 사실이었다. 그녀는 이미 가고 없었고, 나는 달리는 기차 안에서 붉게 물드는 노을을 붙잡고 석양을 사랑하던 그녀를 기억하며 우는 일 밖에 다른 할 것이 없었다.

빈소는 쓸쓸했고, 그녀가 가는 길은 조용했다. 남아 있는 두 아들만
이 그녀가 세상을 살다간 흔적이었다.

장례를 치르고 돌아온 그녀의 아들이 전화를 걸어왔다.
"이모…."
"그래 잘 모시고 왔어?"
"네, 병원에 왔는데…. 엄마가 없어요…."
말이 끝나기도 전에 아들의 목소리는 울고 있었다. 억장이 무너졌다.

"그래…. 엄마가 없어. 집에 가도 없을 텐데….
어떡하니! 엄마가 없다…."
그랬다. 우리가 슬픈 건 그녀가 세상 어디에도 없다는 사실이었다.
그녀의 웃음도, 목소리도, 아픈 모습조차 마주할 수가 없다. 그녀는 그
렇게 가버렸다.

어디로 간 걸까? 그녀는 이제 안 아프니 웃고 있을까? 이렇게 빈자
리를 슬퍼하는 우리를 보고 있을까? 마침 그녀가 가고 나서 한동안은
하늘도 우울했는지 바람이 많이 불고 비가 내렸다.
그녀가 좋아하는 산울림의 노래 〈그대 떠나는 날 비가 오는가〉를
들려주기라도 하려는 듯 떠난 것이다.

그렇게 그녀를 보내고 내겐 슬픔이 오래도록 머물렀다. 그녀가 힘

들었던 걸 알았다면, 한 번만 더 보았더라면, 내가 찾아가겠다던 약속을 지켰더라면, 좀 덜 힘들었을 텐데…. 미안함에 가슴이 무너지고, 쉰둘의 나이에 세상을 등진 그녀가 안쓰러워 몇 날 며칠 동안 잠을 이루지 못했다.

같이 살던 친할아버지와 할머니가 돌아가셨을 때도 느껴보지 못한 슬픔이었다. 그 슬픔의 원인이 무엇인지, 어디에서 오는 것인지, 헤아릴 사이도 없이 자꾸만 가라앉았다. 사실 그녀는 내게 그냥 친구가 아니었다. 내겐 친언니가 있지만, 친언니보다 더 자주 만나고 더 깊은 속내를 나누던 언니였다. 친언니가 서운해도 어쩔 수 없는 일이다. 나는 그렇게 그 언니가 좋았다.

그녀가 떠나고 떠난 그녀를 위해 내가 할 것은 아무것도 없었다. 눈이 퉁퉁 붓게 울어도 보고, 그녀와 함께 가던 곳을 찾아가 보기도 했지만, 그게 그녀를 위한 것인지 나를 위한 것인지는 모르겠다. 살아있는 사람이 떠난 사람을 위해 할 수 있는 일이 있다면, 먼저 간 사람을 좋게 기억하는 것 그것 말고 무엇이 있으랴….

그녀와 수없이 나눴던 말들이 떠올랐다. 그리고 내가 그녀를 위해 할 수 있는 것이 무엇이 있을까 생각해 보았다. 가끔 그녀가 세상에 남긴 두 아이의 안부를 챙기는 것쯤 될까.

그리고 그녀가 나누었던 배려와 사려 깊음을 대신하는 것. 그녀가 세상을 떠나며 가져간 촛불의 온기만큼 내가 누구에게라도 더 따뜻하게 다가가는 것. 내게 어떤 유언도 없이 떠난 그녀지만, 나는 사라진 그녀의 흔적을 내 삶에 따스함을 더하는 것으로 채우기로 했다. 슬픔이 있던 자리에 친절했던 그녀의 눈빛을, 무거웠던 나의 마음에 그녀를 닮은 따스한 멜로디가 흐르게 하는 것. 내가 그녀를 보내는 방법이다.

살다 보면 사랑하는 사람을 뜻하지 않게 먼저 보내야 하는 일들이 생긴다. 그들을 잘 보내는 방법에는 정답이 없을지도 모른다. 각자의 몫으로 남겨질 테니 말이다. 나는 그저 나만의 방법을 찾은 것이다.

먼저 떠난 사람을 위해 내가 할 수 있는 것은,
그 사람의 좋은 것을 내가 배워 그대로 세상에 돌려주는 것, 베푸는 것이다.
할 수 없는 것이 아닌 할 수 있는 것이 무엇인가 생각하자.

보고 싶어도 볼 수 없고, 그리워도 만날 수 없는 사람. 서둘러 멀리 떠나 버린 사람을 위해 우리가 할 수 있는 것은 원망과 절망보다 희망을 찾는 것이어야 할 것이다. 미안함보다 고마움이어야 할 것이다. 함께한 시간은 행복이었다고, 볼 수 없지만 기억할 순간들을 남겨줘서 고맙다고…. 슬픔이 밀려오면 잠시 그리워하다가 현실의 삶으로 돌아와야 하는 시간을 수없이 반복하겠지만, 먼저 떠난 사람이 말없이 남긴 메시지를 찾아가며 떠난 이가 살아보지 못한 시간을 아름답게 살아주는 것. 그것만이 우리가 할 수 있는 최선일 것이다.

내가 지금 함께 하는 사람에게 기꺼이 시간을 내어주겠다는 마음이라면
방해요소는 'off'로 하고, 상대에게 'on' 스위치를 켜두는 게 필요하지 않을까?

대화

대화가 필요해

●
　·

　사람이 모이는 곳이면 대화가 넘쳐난다. 그 많은 카페와 밥집이나 술집은 친구와 연인, 때로는 동료가 함께일 때 즐겁고 활기차다. 우리는 대화의 즐거움을 알고 있다. 그런데 막상 우리는 대화를 얼마나 잘하는 것일까? 진짜 대화가 필요한 순간은 언제일까?

　오래전이었다. 점심 약속이 있어 식당에 갔는데 한창 직장인들이 몰리는 시간이라 점점 붐비기 시작했다. 식당이라는 곳은 밥 먹는 소리와 사람들의 목소리가 적당히 웅성웅성 섞여 있어야 제맛인데, 옆 테이블에서는 말소리 대신 뭔가 팡팡 터지는 소리가 들렸다. 한창 스마트 폰으로 '팡'이라고 하는 동물 잡는 게임이 전국을 휩쓸 때였다. 세 명이 식사를 주문하고는 마치 약속이라도 한 듯이 모두가 휴대전화에만 얼굴을 박고 '팡잡기'를 하느라 서로에게는 단 한 번도 시선을 건네지 않는 것을 보았다.

어쩌면 이것이 우리의 모습 아닐까? 주변 어디라도 이런 모습을 어렵지 않게 볼 수가 있다. 가족끼리 식당에 가도 서로 각자의 휴대전화를 보느라 바쁘고, 연인들도 서로의 눈을 보기보다는 각자의 휴대전화를 보느라 정신이 없다.

새로 시작한 연인이나 한창 사랑이 뜨거운 사이는 조금 다르다. 휴대전화쯤은 나의 새로운 파트너보다 중요할 리가 없기 때문이다. 하지만 나의 남친과 여친, 그리고 친구들이 편한 관계가 되고 나면 우리는 조금씩 무례함을 무릅쓰게 된다. 바로 파트너에게 집중하지 않는 것이 쉬워지는 것이다. 우리가 집중하는 대상이 기껏해야 게임이라는 사실은 어찌 보면 참 부끄러운 일 아닌가.

난 그날로 게임 앱을 지웠다. 식구들과 저녁을 먹고 나면 휴식이라는 핑계로 침대에 누워서 하던 모바일 게임이 시간 죽이기에 불과하다는 것을 격하게 느꼈기 때문이다. 게임에 몰입하는 사이 나는 책장을 넘기지 않았을 것이고, 아이들의 요구를 건성으로 들었을 게 분명하다. 하던 일을 마무리 짓고 얼른 한판하고 싶은 생각이 늘 한편에 있었던 것으로 기억되는 걸 보면 필시 중독 상태가 맞다고 봐야겠다.

모바일 게임의 좋은 점도 있다. 아이들과 웃고 떠들고 잠시나마 공감의 자그마한 연결고리가 생겼기 때문이다. 그러나 시간 갉아 먹는 도구가 되고, 함께 하는 사람보다 중요한 것이 되면 문제가 있다.

여전히 수많은 사람들이 카페나 식당에 앉아 모바일 게임을 한다.

혼자 있는 시간이면 이해가 된다. 취미 활동, 스트레스 관리라고 생각해도 좋으니까 말이다. 하지만 일행을 앞에 두고 하는 게임은 섭어야 하지 않을까. 같이 있는 사람의 눈을 바라봐 주고, 그 사람 기분이 어떤지, 요즘 어떤 일이 있는지 물어봐 주고, 들어주고, 대화를 이어갈 때, 우리의 관계는 물 흐르듯 유유히 지속될 수 있을 텐데 말이다.

몇 해 전 막내가 파자마 파티를 하고 싶다고 해서 허락했다. 초등학생 너덧 명의 또래 아이들이 모였던 밤. 난 당연히 밤새워 시끄럽게 놀지 않을까 내심 걱정을 했는데, 웬걸 아이들이 너무 조용한 거다. 들여다봤더니 아이들이 하나같이 휴대전화만 만지작거리고 있는 게 아닌가. 요즘은 초등학생도 1인 1 휴대전화를 가지고 있으니 이상할 일은 아니지만, 문제는 그냥 서로 각자의 핸드폰으로 영상을 보거나 게임을 한다는 거다.

"같이 안 놀 거면 파자마 파티는 왜 하려 하니?"

"이게 노는 건데요."

어이가 없어서 핀잔 섞인 말 한마디를 해버린 나란 엄마와 뭐가 잘못됐냐는 반응의 사춘기 딸.

우리 집이라는 장소를 제공하고, 집집마다 아이들 엄마와 통화해 날짜를 잡고, 놀러 온 아이들 식사와 간식을 챙기는 것이 번거로운 일일 수도 있지만, 기꺼이 몇 번이고 하는 이유는 아이들에게 즐거운 추억을 만들기를 바라는 마음 하나인데, 이렇게 밤새 각자의 휴대전화만 들여다볼 거면 왜 모였는가 말이다. 나는 보람 없는 일을 한 것 같아

속이 상했다. 그리고 걱정이 되었다. '혹시 아이들이 같이 노는 방법을 모르나?'

관계의 즐거움, 웃고 떠들며 함께 하는 즐거움을 아이들이 알았으면 좋겠다. 공기놀이만 해도 종알종알 주고받을 말이 많고 즐거웠는데, 이젠 게임을 해도 서로 각자의 휴대전화에 코를 박고 놀고 있으니 엄마로서는 마냥 안타깝기만 하다.

언론매체에서 자주 접하는 것이 MZ세대의 특징이다. 밀레니얼 세대와 Z세대를 함께 일컫는 젊은 세대, 이른바 MZ세대는 직접 소통보다 SNS를 이용한 소통을 더 좋아한다고 한다. 퇴사할 때도 문자나 카톡 하나 보내고 안 나오는 경우가 허다하다고 하니 어디까지 이해해야 할지 모르겠다. 적어도 일을 그만둘 때는 얼굴을 보고 이야기해야 하는 것 아닌가 싶은 생각이 드는 걸 어쩌랴. 혹여 젊은 사람들이 '그러니 꼰대 소리 듣지.'라고 한다면 난 그냥 꼰대를 하련다.

얼마 전에 또 한 번 꼰대 짓을 했다.

같은 팀원들과 점심을 먹으러 갔을 때였다. 오십 대 후반의 국장님 두 분과 사십 대인 나, 그리고 삼십 대의 PD 한 명과 동행을 했는데, 자리에 앉아 주문을 마치자마자 젊은 PD가 휴대전화를 꺼내더니 계속 무언가를 하는 것이다. 보아하니 그냥 웹서핑을 하는 것이었다. 나머지 세 사람의 대화에 관심이 없다는 듯 핸드폰에 열중하고 있는 친구를 향해 똑똑 테이블을 쳐서 노크했다.

"중요한 일 아니면, 우리 같이 얘기하면 어때요?"

나이 드신 분들과의 대화 소재가 뭐 그리 재미있겠느냐마는 그런 것이 관계의 시작 아니겠는가? 불편한 요구를 해서 욕을 먹어도 어쩔 수 없다. 난 그냥 할 말을 하련다.

아들 녀석이 며칠 휴대전화 없이 학교를 갔다 오더니 한마디 했다.

"전화기 없이 다니니까 주변을 보게 되더라고요. 그것도 괜찮던데요."

휴대전화가 고장 나서 불편함이 클 줄 알았는데, 그사이 불평보다 작은 깨달음이 있으니 기특했다. 물론 깨달음은 그때뿐이고, 손에는 다시 휴대전화가 쥐어졌다는 게 현실이지만 말이다.

'가장 중요한 순간은 바로 지금 이 순간이고

가장 중요한 사람은 지금 내 곁에 있는 사람이며,

가장 중요한 일은 지금 바로 곁에 있는 사람에게 소중한 일을 하는 것이다.'

톨스토이의 세 가지 질문에 있는 이 글은 내가 강의를 마치며 종종 인용하는 말이기도 하다. 소중한 여러분들을 위해 제가 드릴 수 있는 가장 소중한 것을 드렸다며 진심으로 말하면, 강의를 들은 교육생들의 얼굴에 미소가 번진다. 물론 내 얼굴에 번지는 미소가 먼저다. 그리고 그 말은 늘 진심이다.

잊지 말자. 중요한 것을 중요하게 생각하는 게 중요하다. 지금 이 순간, 지금 여기.

내가 지금 함께 하는 사람에게 기꺼이 시간을 내어주겠다는 마음이라면

방해요소는 'off'로 하고, 상대에게 'on' 스위치를 켜두는 게 필요하지 않을까?

세상에 뿌려진 사랑만큼

　제대 한지 한참 지난 일반인도 예비군복만 입으면 짝다리에 말년 병장 포스가 나온다고 하던데, 실제로 때와 장소가 사람을 헐겁게도 하고 바짝 긴장하게도 하는 것은 흔히 볼 수 있는 일이다. 운동화를 신으면 살짝 팔자걸음이 되었다가 하이힐을 신으면 저절로 커리어우먼 워킹이 되는 것처럼 상황에 따라 말과 행동도 달라진다. 조금 더 신경 쓰기도 하고, 반대로 긴장이 풀어지기도 하는데, 이때 그 사람의 됨됨이가 고스란히 드러나는 것 중의 하나가 바로 말씨이다.

　말씨를 중요하게 생각한 건 어린 시절 할머니의 영향이 컸다. 어린 시절 밥을 먹고 숟가락을 놓으며 배불러 죽겠다고 하면, 그때마다 나의 할머니는

　"하느님, 배불러서 살겠습니다."라고 시키셨다.

아마도 어린 손녀가 맨날 '죽겠다 죽겠다' 하는 말이 듣기 싫으셨나 보다. 좋아 죽겠고, 꼴 보기 싫어 죽겠고, 하기 싫어 죽겠고, 힘들어 죽겠고….

좀처럼 쥐어박는 말을 하지 않으시던 할머니는 말씀하셨다.

"죽을 일도 쎄고 쎘다."

하긴 전쟁을 겪으며 죽을 고비를 넘기셨던 세대였으니, 별것 아닌 것에 죽겠다는 소리를 입버릇처럼 하는 게 귀에 거슬리셨을 수도 있겠다.

"너 지랄이 뭔 줄 아니? 간질병이 지랄병이야. 그게 얼마나 무서운 건데, 그런 말 쉽게 하는 거 아니다."

"재수 없다는 말도 하는 거 아니고. 그런 말 하면 재수 없는 일이 생겨요. 재수가 좋다 해야 재수 좋은 일이 생기는 거란다."

말이 씨가 된다며 항상 말조심하라던 할머니는 잘못된 말버릇은 꼭 고쳐주셨고, 어른들 말씀은 늘 옳았다는 걸 수십 년이 흐른 후에 깨닫는다.

말씨는 고스란히 말버릇이 된다. 그리고 말버릇이야말로 사람의 인격을 고스란히 보여주는 법이다. 카페나 식당에서도 서슴지 않고 말 끝마다 욕을 내뱉는 사람들을 보면 눈살이 절로 찌푸려지게 마련이다. 듣고 있으면 나한테 하는 말이 아닌데도 여간 불편한 게 아니다. 그런데 이런 사람들을 보면, '이 타이밍에 욕을 해야지'하고 생각하고 말한 것이 아니라, 말 그대로 입에 붙은 것을 볼 수 있다. '바른 말 고운 말'이라는 캠페인도 있는데 '험한 말 거친 말'이 더 편한 사람들이 있지 않은 가? 살아온 세월만큼 붙어버린 말버릇은 사람의 인격을 닮아 있다.

말이 거칠면 행동도 거칠어지게 마련이다. 말씨는 고운데 행동은 거칠고, 말씨는 험악한데 행동은 조신한 사람은 본 적이 없다. 말씨가 사람 됨됨이를 나타낸다는 말이다.

몇 년 전이었다. 운전 중 라디오를 듣고 있었는데, 예쁜 목소리의 진행자가 갑자기 "뒷다마를 까죠"하는 말에 화들짝 놀란 적이 있다. '뒷 말을 하죠'나, '뒤에서 흉을 보죠' 하면 될 것을 생방송 중에 필터링이 안 된 것이다. '그냥 모른 척할까? 내 오지랖인가?' 싶은 마음이 들다가 방송의 품위와 듣는 청취자를 생각하니 가만히 있을 수가 없었다.

바로 문자를 보냈다.

방송에서 '뒷다마 깐다'라는 표현은 좀 아닌 것 같은데요.

나는 영락없이 꼰대가 되었고, 잠시 후 진행자는 사과 멘트를 했다.

"아, 제가 좀 단어 선택이 좀 잘못됐죠, 죄송합니다."

아마도 뜨끔했을 것이다.

마침 내가 듣던 방송 프로그램의 PD를 개인적으로 알고 있어서 방송이 끝나고 전화해서 한마디를 했다.

"그 문자 내가 보냈다. 방송에서 뒷다마가 뭐니? 그건 아니지 않니?"

"아, 맞아요. 조심해야 하는데 진행자가 아직 어려서요. 말해줘서 고마워요, 언니."

"내가 아주 깜짝 놀랐어! 지킬 건 지켜야지. 모르면 계속 그런다고."

그렇다. 잘못된 것을 모르면 계속하게 되어있다. 공과 사를 구별하고 때와 장소를 가려서 말할 수 있으면 좋겠지만 신경 쓰지 않으면 평소에 쓰던 말이 부지불식간에 툭 튀어나오게 되어 있다.

연예인들이 생방송에 나와서 말실수를 하고는 본인이 본인 입을 틀어막는 웃지 못할 상황이 생기는 것도 그런 경우다. 온라인과 오프라인은 엄연히 다르고, 사적인 대화와 공적인 발언은 사뭇 다를 수밖에 없다. 게다가 어디에서 어떻게 녹음되고 있을지도 모르는 일이니 더 조심해야 한다. 그러니 평소에 쓰는 말씨를 수시로 점검하고 내면과 외면의 됨됨이를 다듬는 일은 그 무엇보다 중요하다.

단어의 수준이 말의 수준이 되고, 말의 품격은 말씨에서 시작된다. 지금은 방송에서도 거친 표현을 스스럼없이 쓰는 세상이 되었지만, 10년 전만 해도 '미친'이라는 말은 할 수도 없었다. 굳이 다르게 말하자면 '미치겠더라'는 '어쩔 줄을 모르겠더라'로, '돌겠더라'는 '제정신이 아니었다, 너무 힘들었다' 정도로 표현했던 것이다.

하지만 요즘의 말이란 한마디로 어느 드라마 제목처럼 '거침없이 하이킥'이 되었다. 격해지고 자극적이며 충격적이기까지 하다. 일이 잘 안 되면 요즘 말로는 '폭망'한 거고, 까부는 건 나대는 게 되었다. 예전에 열 받았다는 말은 '빡친다'가 되었고, 완전 열 받은 것은 '개빡친다'가 되었다.

또 '맛이 갔다, 재수 없다'라는 표현은 방송용어로 적합하지 않았던 게 사실이다. 종편방송으로 채널이 늘면서 시청자의 선택권이 다양해지다 보니, 방송은 조금 더 자극적인 방향으로 흘러갔고, 방송용어 적합 기준의 턱이 낮아진 것이다. 일각에서 우려의 목소리가 없는 것은 아니나, 시대의 흐름 따라 말의 쓰임도 흘러가다 보니 현재의 상태까지 와버렸다.

나는 '벽에 똥칠할 때까지 산다.'라는 말을 싫어한다. 장수하라는 의미겠지만 표현하는 방식이 싫다. 건강하게 오래 살아야 좋지, 아파서 용변처리도 못 할 정도까지 사는 것을 누가 원할까. 하지만 본인의 의지에 상관없이 치매며 질병에 아름답지 못한 노년을 보내야 하는 안타까운 사람들도 많으니, 그저 건강하게 오래 사시라고 설날 덕담 주고받듯 좋은 말만 했으면 좋겠다.

말이 씨가 되니 좋은 씨를 뿌릴 일이다. 입술의 30초가 가슴의 30년이 된다는 말처럼 나와 나를 마주한 사람들의 가슴이 따뜻해지고 훈훈해지는 고운 말을 해야 한다. 습관적으로 뱉었던 말을 점검해 보자. 그것이 부정의 기운을 담은 미운 말이었다면 싹둑 잘라내 보자. 입술을 꾹 다물어 보자. 나쁜 말 대신 고운 말, 찾으려면 찾아진다.

씩씩한 항암녀의 속 • 엣 • 말

사랑해도 될까요?

●
●

얼마 전 아끼는 후배 아나운서가 결혼을 했다.

원래도 예쁜 친구지만 라디오를 통해 들려오는 목소리가 밝아지고, 표정도 더 밝아지더니 좋은 소식을 전해온 것이다.

좀처럼 말이 없는 그녀의 SNS에 선물 받은 꽃다발 사진이 올라오는 횟수가 잦아들 때 눈치를 채기는 했다. 그녀에게 사랑하는 사람이 생겼다는 걸 말이다. 어느 날은 나란히 찍은 발이 올라왔고, 결국 짜잔 하고 예비 남편의 얼굴을 공개하더니, 머지않아 야외촬영 사진이 화보처럼 올라왔다. 열심히 '좋아요'를 누르며 그녀의 행복에 더불어 가슴이 설레고 기뻤다. 사랑하는 연인의 모습은 보기만 해도 에너지가 전해지고, 덩달아 기분 좋게 하는 엄청난 효과가 있는 것 같다.

결혼식을 앞두고 이런저런 준비를 하던 그녀는 결혼 전에 전해줄 것이 있다며 데이트 신청을 해왔다. 기꺼이 달려 나간 그 자리에 청

첩장과 함께 그녀가 내 생각이 나서 골랐다며 미셸 오바마의 자서전을 선물했다. 당당한 미셸의 모습이 나와 닮은 것 같다는 설명까지 덧붙였다. 말도 안 되는 칭찬이지만 기분이 좋게 받아들고는 이런저런 담소를 나누었는데, 설렘과 걱정이 섞인 그녀의 눈에는 사랑이 가득했다.

결혼 전에 다양한 대화를 많이 나누어 보라는 나의 제안에 그녀는 예비 신랑과의 약속을 공개했다.

"제가 그랬어요. 결혼해도 일요일은 서로 각자의 시간을 보내자고요. 낮에는 뭘 하든 뭘 먹든 서로 신경 안 쓰기로 하고 따로 떨어져 있는 거죠. 오전부터 오후까지 혼자 하고 싶은 거 하다가 4시에 만나서 저녁은 같이 먹기로요."

"히야! 그거 너무 괜찮은 약속이다. 아주 멋진데! 늘 연애하는 기분이겠네."

알콩달콩 그녀의 야무진 계획에 덩달아 흥분이 되었다.

또 다른 예비 신부를 만나서 비슷한 이야기를 나눈 적이 있는데, 그녀는 예비 남편과 이런 약속을 했다고 한다.

"혹시 싸워서 아무리 화가 나더라도, 그날 밤은 안 넘기려고요. 그래서 우리가 잘 가는 떡볶이집이 있는데, 싸운 날엔 서로 피했다가 그날 밤엔 무조건 그 집에서 만나기로 했어요."

"어머! 너무 재밌다! 어떻게 그런 생각을 했어? 정말 좋은 아이디언

데?"

연애 기간이 길었다는 그녀는 싸워도 보고 화해도 해보면서, 싸움이 길어져서 좋을 것이 없다는 걸 알았다는 게 설명이다. 참고 말을 안하는 방법도 최선이 아니고, 불처럼 활활 타올라서 싸워봤자 남는 것이 없다는 걸 알았단다. '나는 이런데 너는 어떠냐?'라며 서로의 입장을 말하고 이해하는 게 서로에게 도움이 된다는 걸 알았다는 거다.

이 얼마나 현명한 커플이란 말인가! 어찌나 기특하고 대견한지 보는 내내 엄마 미소가 절로 나왔다.

나는 결혼을 앞둔 커플들이 누구보다 많은 대화를 해야 한다고 생각하는 사람이다. 그냥 늘 하던 데이트 코스 탐방과 맛집 투어만으로는 둘 사이를 깊이 알 수가 없기 때문이다. 평생을 함께할 사람인데 어떤 미래를 꿈꾸고 있는지, 자녀 양육관은 어떤지, 삶의 코드가 맞아야 한다고 생각한다.

두 명의 예비 신부와는 정반대의 경우인 친구가 있었다. 아이를 너무 좋아하는 그녀는 결혼한 후에 그녀의 남편으로부터 어이없는 이야기를 들었다고 한다.

"나는 아이를 안 낳고 싶어. 좋은 아빠의 모습을 못 보고 커서 아이를 낳아도 좋은 아빠가 될 자신이 없거든. 그러니까 그냥 둘이서 살자."

자신의 계획과는 사뭇 다른 생각을 하는 남자를 남편으로 맞은 그녀는 어떤 기분이었을까? 그 말을 듣고 친구는 너무 황당했다고 한다.

아이를 낳아 가정을 만들고 싶어서 선택한 결혼인데, 남편이라는 사람이 아이를 낳지 말자고 하니 얼마나 어이가 없었을까. 그럴 생각이었으면 결혼 전에 말했어야 하는 거 아니냐는 친구의 볼멘소리가 웃픈 이유는 우리는 모두 비슷한 경험이 있기 때문인지도 모르겠다. 안타까워 마음에 남는다. 대화로써 좋은 방법을 만났으면 좋겠다.

우리는 생각보다 대화를 잘하지 못한다.

카페를 가도, 식당을 가도, 깊은 밤 술집에 가도, 온통 이야기를 주고받는 사람들의 목소리로 넘쳐나지만, 정작 해야 할 말은 꺼내 보지도 못하고, 웃고 마시며 나눈 말들은 공기 속으로 기화해 버리듯 어디론가 사라지고 만다. 소란했던 자리일수록 뒤돌아선 자리가 허탈한 것도 그런 이유일 것이다.

기운을 북돋아 주는 말하기, 위로가 되는 한마디, 가만히 들어주는 귀 기울임과 무조건적 수용의 미덕이 빛나는 이유는 우리들의 일상이 되어버린 가벼운 말의 주고받음 때문인지도 모르겠다. 물론 일상 속 소소한 대화의 즐거움도 빼놓을 수가 없다. 때로는 굳이 속내를 다 드러내지 않고도 나눌 수 있는 그저 그런 이야기들이 부담 없이 좋을 때가 있으니까 말이다.

하지만 사람이 곁을 내어주고 내 영역으로 누군가를 허락하는 일에는 대화를 통해 서로를 알아가는 과정이 필수일 것이다. 너무 빠르지도, 느리지도 않은 속도로 스며들고 번지려면 거짓됨이 없어야 하고 억지스러움이 없어야 한다.

잠시 만났다 헤어지는 사이라면 손바닥으로 하늘을 가리기가 가능한 수도 있겠다. 하지만 평생을 함께할 사람이라면, 큰 그림을 함께 그리고, 같은 방향을 바라볼 수 있어야 한다. 하나부터 열까지 속속들이 알아야 하는 면밀함을 말하는 것이 아니다. 손바닥이 쿵하면 짝하는 그런 사이이면 좋겠지만, 쿵짝이 잘 맞지 않아도 상대의 쿵을 쿵으로, 짝하면 짝하고라도 호응을 보이거나 받아들일 마음가짐은 돼야 한다는 것이다.

몇 해 전 겨울이었다. 나는 그날도 얼음 나라 방송국을 진행하고 있었다. (해마다 겨울이면 화천 산천어 축제장에 울려 퍼지는 라디오 DJ가 된다.) 얼음 나라 방송국이라는 이름으로 진행되는 라디오 방송은 겨울 축제장을 찾은 관광객들을 위해 신청곡도 틀어주고 퀴즈도 풀어가며 사람들의 눈과 귀를 즐겁게 해야 하는 막중한 임무가 있다.

하루는 '커플'이라는 주제로 사진이나 문자를 받고 있었는데, 다양한 사진들이 올라오다가 눈에 확 띄는 커플이 있었다. 포토제닉상에 뽑혔으니 상품을 받으러 오라고 발표를 했다. 상품의 주인공이 된 커플은 노란색 오리 모자를 쓰고 있었다. 그해에 움직이는 토끼 모자가 유행이라 아이들의 필수 아이템이 되었는데, 하얀 토끼 모자가 아닌 노란 오리 모자를 쓴 커플 사진이 인상적이었다. 결혼한 지 몇 달 안 된 신혼부부였다.

스튜디오를 찾아온 커플을 카메라 앞에 앉혀놓고 잠깐의 인터뷰를 나누었다.

"그 오리 모자는 누구 의견이었나요?"

"신랑이 지나가는 길에 토끼는 너무 흔하니까 오리 모자로 하자고 해서 샀어요."

"남편분이 그런 제안을 했을 때, 혹시 썩 내키지 않거나 불편하지는 않으셨어요?"

"아뇨, 재밌을 것 같아서 그러자고 했어요."

찰떡궁합이다. 이런 걸 두고 우리는 천생연분이라고도 한다.

그날의 인터뷰는 머리에 쓴 오리 모자의 입을 맞추며 앙드레김 버전의 엔딩을 패러디하는 것으로 코믹하고 사랑스럽게 마무리를 했고, 많은 사람들에게 행복한 웃음을 선물했다. 오리 커플을 보내고 나서도 한참을 훈훈한 기운이 감돌던 스튜디오. '저 커플 참 잘 살겠다.' 싶은 생각이 들었다. 나는 이런 커플을 보면 두 사람이 같은 영혼을 지녔다는 생각이 들곤 한다.

내가 Yes라고 할 때 상대도 늘 Yes하고 말해주기를 바라는 마음이 아니다.

내가 Yes라고 할 때 상대가 No여도 괜찮다.

'그렇구나. 당신은 Yes구나!'라고 수용해주고 인정해 주는 것을 말하는 것이다.

'너의 Yes는 틀려!'가 아니라 나와 다르지만, '그럴 수도 있겠구나.'

라는 끄덕임과 나의 방식과 다를지라도 네가 원한다면 (If you want) 나는 괜찮아. (I'm okay.)

서로를 옭아매는 게 사랑이 아니라, 적당한 거리에서 지켜봐 주며, 응원해 주고 지지해 주는 것. 그것이 사랑의 모습이 아닐까.

어서 말을 해

·

말은 해야 맛이고 고기는 씹어야 맛이라는데, 말맛 제대로 내기를 우리는 잘 하고 있을까?

살다 보면 해야 할 말을 꼭 해야 할 때가 있고, 하지 말아야 할 말은 꿀꺽 삼켜야 할 때가 있다. 때를 알고 하는 한마디는 사람 사이의 관계를 더 부드럽고 깊게 하겠지만, 때를 놓쳐 버린 말은 입가에만 맴맴 돌다가 사라지거나, 과녁 없이 허공에 쏘아 올린 화살처럼 의미 없이 떠돌기에 십상이다.

우리는 필요한 말을 제때 하는 것이 왜 이렇게 힘든 걸까?

주말 부부로 지내는 친구가 있었다.

서로의 직장이 다른 곳에 있어서 아내는 아이들과 춘천에 살았고, 남편은 두 시간 거리 되는 수원에서 주중에 혼자 지내다가 금요일 저녁이면 가족들이 있는 춘천으로 퇴근했다. 아마도 주말이 되어야 아내는 5일간의 독박 육아에서 해방되고, 남편은 외로운 주중의 시간을 보상받을 수 있었을 것이다.

한번은 금요일 저녁이었는데, 친구네 집에서 저녁을 먹다가 수다가 길어져 친구의 남편이 집에 오는 것을 보게 되었다. 현관문을 열고 들어오는 인기척이 나자 달려 나가 입맞춤을 해주는 친구. 내가 모르던 사랑스런 친구의 모습에 부러움과 민망함이 오묘하게 섞였다. 친구는 밤 9시가 가까이 되어 들어온 남편에게 저녁은 먹었냐고 물었고, 남편은 라면을 간단하게 먹었다고 했다.

나는 일주일 만에 집에 오는 길에 라면을 먹었다는 말이 마음에 걸려 친구에게 한마디 건넸다.

"뭐라도 좀 더 차려줘야 되는 거 아냐?"

"뭘, 먹었다잖아."

"아니, 라면을 먹었다며. 끼니가 안 될 것 같은데, 혹시 밥을 좀 더 먹을 건지, 과일이라도 줘야 하지 않을까?"

먹었다는 말을 먹었다고 받아들인 나의 친구와 라면을 간단하게 먹었다는 말을 제대로 안 먹었다는 말로 받아들인 내 생각이 달랐다.

물론 부부의 일이니 둘이서 할 일이라 내가 중간에서 감 놔라 배 놔라 할 일은 아니었지만, 왠지 그런 생각이 들었다. 내가 만약에 주말 부부인 남편이었다면, 집으로 돌아오는 길 배고파서 휴게소에서 한 젓가락 뜬 라면이 영 저녁밥 같지 않을 거란 생각이었다. 내 생각과 다르게 정말 그분은 라면으로 충분했을까, 아니면 뭔가 더 필요했지만, 말을 하지 않았던 걸까. 궁금해진다.

　말수가 없는 친구의 남편의 웃지 못할 일화는 더 있었다.

　한번은 친구 집에 가서 식사하는데 미역국을 내놓았다. 어쩐 일로 미역국이냐고 물었더니 남편의 생일날이라고 했다. 미역국을 한술 뜨는데 이건 싱거워도 너무 싱거운 거였다. 간을 하지 않았냐고 물었더니, 친구는 기억이 안 난다고 했다.

　"야! 이거는 그냥 싱거운 정도가 아니고, 아예 간을 안 한 건데?"

　"그래? 내가 간을 안 했나?"

　"안 했나 보다. 완전 맹탕인데 뭐. 이건 그냥 못 먹겠다."

　둘이 간 타령을 하고 있는데, 좀처럼 목소리를 들려주지 않는 새색시 같은 친구의 남편이 한마디 한다.

　"내가 그 말을 못 했어요."

　"아…"

　친구와 나는 눈을 마주치고는 어이없는 웃음을 지었다.

　아니, 왜! 왜 말을 못 하느냐고! 국이 싱거우면 싱겁다! 간이 안 됐다! 왜 못 하느냐고!

　입맛이 까다로운 사람과 살아본 사람으로서, 식사 때마다 '짜다' '싱겁다' 매번 간 투정하는 것처럼 얄미운 것이 없긴 하더라마는, 이건 말이 안 되었다.

　친구는 말수 적은 남편과 살면서 10년 만에 알게 된 사실이 있다고 한다.

아들 둘을 키우며 10년쯤 살아온 어느 날, 남편이 아내에게 한 고백은 '카레를 좋아하지 않는다.'는 사실이었다. 나의 친구는 아이 둘을 낳고 키우면서, 반찬으로 가장 만만한 게 카레라서 한번 할 때 한솥 끓여 놓고 일주일에 사나흘은 카레를 먹곤 했다는데, 입 무거우신 남편님께서 아무 말 없다가 10년 만에 커밍아웃을 한 것이었다.

나는 놀랍다 못해 신기했다. 어떻게 그럴 수가 있었는지, 아내에 대한 배려였겠지만, 성품이 좋다는 말로 넘어가기엔 가히 천연기념물 수준이었다. 참 무던하다.

도대체 친구의 남편은 어디까지 참으려고 했던 걸까? 나는 친구에게 20년 가까이 살면서 아직도 말하지 않은 게 있을지 모른다고, 살다가 앞으로 어떤 말을 할지 말을 모른다고, 그때 들으면 당황스러울 수 있으니 빨리 물어보라고 우스갯소리를 했다.

필요한 말 제때 하는 것. 할까 말까 하다가 입술 끝에 맴도는 말을 다시 삼켜본 사람은 알 것이다. '그때 말 안 하기를 잘 했다.'라는 안도하는 마음이거나 혹은 '그때 말을 해야 했어.'라는 후회로 남기도 한다. 다행으로 남는 일이라면 문제가 없겠지만 후회로 남는 일이라면 되돌이킬 방법이 없지 않은가.

물론 뒷일 생각하지 않고 온갖 생각나는 대로 말을 다 했다가 낭패를 보는 경우도 많다. 그리고 '침묵은 금'이라는 말처럼 '그냥 말자. 내가 참자.'로 결정하기도 한다. 그렇다. 말을 너무 많이 해도 문제고, 말을 너무 안 해도 문제다.

　그러니 말을 할까 말까의 경계에 섰을 때, 그것을 결정하는 나만의 기준이 있으면 좋을 것이다. 그렇다면 무엇을 기준으로 해야 중요한 것을 놓치지 않으면서 후회가 없도록 말할 수 있을까?

　확실한 것은 바로 이것이다. 해버려서 상대에게 독이 되는 말이라면 막아야 한다. 그러려면 잠시나마 상대의 입장이 되어봐야 한다. '내가 이 말을 하면 상대는 기분이 어떨까?' 하며 감정이 상하지는 않을지 생각해 봐야 한다. 하지만 서로에게 상처가 되는 말이 아니라면, '나 하나 참고 말지' 하는 생각에 꿀꺽 삼켜버리기보다는 솔직히 말하고 서로의 간격을 좁히며 이해의 폭을 넓고 깊게 할 일이다.

　그리고 또 하나, 참기로 마음먹었는데도 계속해서 가벼이 지나치지 않고 마음이 그곳에 자꾸 머문다면 말을 해야 한다. 왜냐하면 그 말이 맴맴 돌며 자꾸 생각나 자신을 상하게 하는 경우가 생기기 때문이다. 타인에 대한 배려가 큰 사람일수록 나보다 남을 먼저 생각하기가 쉬운데, 그런 이타적인 마음이 큰 사람들은 습관적으로 말을 아끼게 된다. 결국, 밖으로 나가야 할 말이 속으로 맴맴 돌다가 오히려 본인에게 상처가 되려 한다면 그때가 말을 해야 하는 타이밍이다. '내 탓이오. 내 탓이오. 내 탓이로소이다.' 하며 가슴을 치는 일은 당장 남의 탓을 하지 않는 데엔 효과가 있을지 모르지만, 이렇게 자신에게 화살을 돌리는 방법은 건강하지 않다.

'할까 말까 망설이는 나는 못난이'라던 옛 노래의 가사처럼 망설이는 못난이가 되지 않았으면 좋겠다. 고민과 심사숙고가 때를 놓치지 않도록 할 말을 제대로 하고 살자. 필요한 말을 필요한 때에, 필요한 만큼 하는 것. 말은 해야 맛이라는 말처럼, 그것이 말맛을 제대로 내는 방법일 것이다.

할 말을 하지 못했죠

●
·

옳다고 생각해 소신 발언을 했다가 된통 혼나고 나면 말이 치러야 하는 대가가 겁이 나서 눈치를 보게 된다. 어릴 때 먹고 자란 눈칫밥이 평생을 쫓아다니면 어디 가서 욕은 안 먹지만, 이내 주눅 든 삶을 살기가 쉽다. 그렇게 눈치코치 보며 말 못 하던 내가 소신 발언 대화법으로 내 마음이 건강해지는 데는 아주 오랜 시간이 걸렸다.

양초로 마룻바닥을 반짝반짝 문질러 닦는 일이 방과 후 학생들의 일과였던 시절 얘기다. 누가누가 잘 닦나 내기라도 하듯 각자 맡은 마른걸레로 닦고 또 닦아야 각반 담임선생님의 리더십이 인정받기라도 했는지, 선생님들은 아이들 감시를 게을리하지 않으시며 하루의 목표를 이뤄내곤 하셨다. 사실 재미도 있었다. 친구들과 나란히 앉아 초로 마룻바닥에 낙서도 해가며 키득키득 깔깔거리며 별것 아닌 것에 즐거웠던 시절이었다.

　그러던 어느 날 선생님이 장난을 치는 아이들 몇 명을 혼을 내시는데 같이 떠들고 놀았던 한 명은 쏙 빼놓고 혼을 내시는 게 아닌가. 혜택을 받은 그 친구는 예쁘기도 인형처럼 예뻤고, 지나갈 때마다 소독약 냄새가 폴폴 나는 병원 집 딸이었다. 그길 지켜보던 12살의 나는 무슨 용기인지 선생님을 향해 바른말을 했다.

　"선생님! 왜 효정이는 안 혼내고 우리한테만 그러세요? 다 똑같이 장난쳤는데 차별 대우하시는 거 아녜요?"

　그 순간, 뺨에서 짝 소리가 나고, 눈에는 번쩍하고 번개가 치고 지나갔다. 바른말이 화근이었다. 버릇이 없다고 느낀 선생님께서는 나를 향해 서슴없이 손바닥을 날리셨다.

　그렇다. 나는 당돌했다. 그동안 차곡차곡 쌓였던 일이 아이들 사이엔 이미 불만이 됐었고, 처음 있는 일도 아닌데 억울함이 극에 달해 혼자 잔 다르크 행세를 하다가 매를 벌었다. 눈물 콧물 다 짜고 얻은 교훈이란, 억울해도 참아야 하고, 하고 싶은 말은 삼키는 게 나를 보호할 수 있고 문제를 만들지 않는 최선의 방법이라는 거였다.

　그 사건 이후로 소신 발언보다는 눈치 발언을 챙기게 됐고, 덕분에 나의 학창 시절은 모범답안지 마냥 무사고였다.

　사실 내 말이 틀린 것은 아니었다. 그래서 선생님이 더 뜨끔했을지도 모른다. 하지만 나의 발언은 자신의 안전을 지키지 못하고, 선생님의 자존심도 지켜주지 못한 십 대의 반항이었다. 직언이라는 말로 정당화하기엔 건강한 방법도 아니었고 너무 위험했다.

그때부터 나는 말을 할 때 상대의 기분을 먼저 생각하는 습관이 생겼다. '내가 이 말을 하면 상대가 기분 나빠 하려나?' 부탁하거나 거절을 해야 할 때도 조심스러워지고 멈칫하며 주저하게 되고 심사숙고하게 되었다. 그렇게 할 말을 제대로 하지 못하게 되는 상황이 많아졌고 그러다 어른이 되었다.

어른이 되고서도 상대를 생각해서 말을 삼키는 버릇은 이어졌다.

한번은 지하철을 기다리다가 플랫폼에 화장품 가게가 있어 들어갔다. 마침 틴트가 필요했기 때문이다.

립스틱이 너무 많아서 뭐가 뭔지 구별이 되질 않아 어떤 것이 틴트냐고 직원에게 물어봤다. 직원은 친절하게 가르쳐 주었지만, 살펴보니 영 내가 원하는 질감과 색상은 아니었다. 그냥 뒤돌아 나오려다가 지하철도 아직 오지 않아서 매대의 다른 제품을 구경하는데, 한참 전부터 지켜보던 직원의 눈길이 여전히 느껴지는 것이다. 그것도 너무 가까이에서. 매장 안에 다른 손님은 없이 나만 있었던 까닭일까. 틴트 색깔 살필 때부터 시작된 시선이 몇 분째 한순간도 흔들림 없이 나를 향해 있었다. 옆에 바짝 붙어있는 직원의 응대가 너무 부담스러웠다.

틴트 하나 사려고 들어갔던 나는 구경만 하고 나가면 안 될 것만 같은 압박감을 느꼈다. 그냥 나와도 무방하겠지만, 그런 시선을 느낀 채로 뒤통수를 보이며 빈손으로 나올 만큼 나는 당당하거나 뻔뻔하지 못하다. 다른 것을 보기 시작했다. 사려고 들면 필요 없는 물건이 왜 없으랴. 특히 여자들에게 화장품이란 다양할수록 좋은 것이다. 마침 아이라이너가 보여서 하나 골라 들었다. 그녀는 계속 내 옆을 지키고 있었다. 같은 매대에 마스카라도 있길래 혹시 가지고 있는 것보다 좋을까 싶어 또 하나 골랐다.

계산대로 자리를 옮겼다.

"아까 보시던 틴트가 발색도 좋고 성분도 좋은데요."

"아뇨. 이것만 할게요."

저렴이 제품 두 개를 주머니에 넣고 매장을 나온 나는 영 마음이 찜찜했다. 왜냐하면, 매장을 들어갈 때 내가 사려고 했던 물건은 아이라이너와 마스카라가 아니라, 틴트였기 때문이다.

이 얼마나 바보 같은가! 남자들이 알면 절대 이해할 수 없는 상황일 것이다.

바지를 사러 가서 바지는 안 사고 셔츠를 사 오는 남자를 본 적이 있는가? (물론 어딘가엔 있겠지만) 오랜 수렵 활동이 남자들에게 남겨준 본능은 목표물을 향해 돌진하는 것이고, 반대로 채집활동이 여자들에게 남겨준 본능은 주변을 살피는 것이라고 하지 않았던가 말이다. 우리는 치마를 사러 갔다가 블라우스를 사서 들고 오는 여자들을 어렵지 않게 볼 수가 있고, 나 역시 몹쓸 쇼핑습관을 갖고 있다. 하지만 그런 충동구매가 얼마나 어리석은지, 또 후회만 남기는지 알기에 나이 들면서 그러지 않으려고 무던히 애를 쓰는 중이었다.

그런 내가 또 바보쇼핑을 했으니, 두 종목 다 해서 만원밖에 안 하는 제품을 사고도 영 개운치가 않았다. 내 손에 붉은 입술을 책임질 틴트는 들려있지 않았기 때문이다. 없었으면 나왔어야 했다. 원하던 게 아니었으면 포기해야 했다.

'나는 왜 엉뚱한 것을 사왔는가!'

나는 내 곁에 바짝 붙어있던 직원을 원망하기 시작했다.

그녀는 왜 그렇게 불편하게 나를 바라보았는가? 그녀가 뚫어져라 나를 쳐다만 보고 있지 않았어도 나는 유유히 아무 일 없었다는 듯이 매장을 나왔을 것이다. 마트 시식코너도 먹고 나면 사야 할 것 같아 부담스러워 지나치는 내가, 오로지 나에게만 레이저를 쏘며 바라보는 직원을 등 뒤로 하고 맨손으로 나오기는 너무 고통스러운 일이었기에 나스스로 선택한 구매였지만, 괴로움을 피하고자 선택한 행동이 또 다른 괴로움이 되었다. 당당한 구매자가 되기 위해 선택한 나의 결정은 엉뚱한 구매를 한 어리석음이 되었고, 타인에게는 당당했을지 모르나 나 스스로에게는 끊임없이 자책하게 되는 비루한 기억이 되어버린 것이다.

이 글을 읽는 독자 중에는 '아니 왜?' 하는 생각이 드는 사람도 있을 것이고, '맞아 나도 좀 그럴 때가 있어.' 하는 사람도 있을 것이다. 성격의 차이일 테지만 상황을 떠나 내가 해놓고도 내가 맘에 안 드는 그런 상황은 한두 번쯤 있지 않을까.

곰곰이 생각해 보았다. 도대체 왜 나는 그 순간 은근슬쩍 방향을 틀어 결국 꼭 필요한 것도 아닌 것에 눈길을 돌렸을까. 확실한 것 하나는 내가 여자 직원의 눈빛을 느끼고 있었고, 몹시 부담스러웠고, 그 순간 시선을 돌리고 싶은 의도가 있었다. 하지만 의도와는 관계없이 그녀의 시선은 집요했고, 뭐라도 집어 들어야 할 것 같기에 그 사태까지 벌어진 것이다. 한마디로 그녀는 말없이 입빅 세일즈를 한 것이고, 공교롭게도 나는 거기에 말려든 셈이다.

결론은 나에게 잘못이 있었다. 나는 고객으로서 편하게 둘러보고 싶은 마음이 있었지만, 불편한 순간 그것을 말하지 않았다. 어떡하면 내가 괴롭지 않을 수 있었을까?

그렇다. 나는 정중하게 표현했어야 했다.

"제가 혼자 천천히 보고 싶은데요, 혹시 도움이 필요하면 얘기할게요."

"그렇게 가까이에서 바라보고 계시면 제가 좀 부담스러워서요."라고 할 수 있는 것이었다.

사람과 사람 사이의 적당한 거리가 있다고 한다. 정신과 전문의 김혜남의 책《당신과 나 사이》에서는 문화 인류학자 에드워드 홀^{Edward T.Hall}이 주장했던 사람들 사이의 거리를 바탕으로 한 또 다른 가상의 거리를 설명했다. 요약해보면 가족처럼 아주 사이의 친밀한 거리 20cm, 도움을 청하면 손을 잡아줄 친구의 거리 46cm, 회사처럼 서로 존중해야 하는 사회적 거리는 120cm 이상의 거리를 두어야 한다는 것이다.

다시 말해, 사람 사이의 이런 적당한 거리를 지키지 않고, 한마디로 '훅' 들어오면 심리적으로 불편한 상황이 생기는 것이다.

불편했던 시간으로 돌아가 보자. 나의 경우를 다시 보면 조금 더 안전하게 내가 나를 보호하고 싶었던 안전지대를 침해받았다고 느껴졌다. 안전지대를 침해받으면 불안하고 낯선 느낌을 받는 것이 당연한데, 나는 그 느낌을 혼자만 속으로 생각하고 표현하지 못했다.

"아니요, 괜찮아요, 그러실 필요는 없습니다."라고 내가 원하고 바라는 바를 말할 수 있는 건강한 표현법이 필요하다는 생각이 든다. 이런 말을 잘 못해서, 다른 사람이 상처를 받거나 불편하지 않을까 해서, 참고 삼켰던 말이 나를 오래도록 괴롭히는 것을 보면 그냥 대충 참고 넘기는 것이 최선의 방법은 아니라는 생각이 들었기 때문이다.

건강한 표현법이란 내 생각을 잘 드러내면서도 동시에 상대에게 상처 주지 않는 방법이어야 할 것이다. 아니라는 표현이 단호할 필요는 있지만 부드럽게 전해져, 상대가 불쾌하거나 거부당했다는 느낌이 들지 않도록 전달해야 하는 것이다. 왜냐하면 나의 감정이 중요한 만큼 상대의 기분과 감정도 중요하기 때문이다.

사람과 사람 사이에 제법 커다란 풍선이 있다고 생각해 보자. 이 풍선은 존중이라는 풍선이다. 이 풍선이 터져버리거나 날아가지 않도록 서로 배려하는 것. 그것을 염두에 두어야 할 것이다. 너무 가까이 가면 터져 버릴 것이고 방심하면 날아갈 것이기에, 있는 그대로 보아주고 인정해주는 것, 상대가 다치지 않도록 보살피는 것이 우리가 마지막까지 애써야 할 소중한 삶의 자세이며 사람에 대한 의무이고 처세술이 아닐까?

조율

●

·

"혈액형이 어떻게 되세요?"

수혈해줄 것도 아닌데, 굳이 물어보는 이 질문은 사람들 사이에서 가끔 오가는 익숙한 문장이다. 지금도 여전히 혈액형이 대화의 소재가 되는 걸 보면, 사람들은 어떤 규정화된 틀에 대상을 넣고 빠르게 판단해 버리고 싶은 마음이 있나 보다.

요즘 MBTI가 유행이라 자신의 성격에 몇 개의 숫자나 알파벳의 조합으로 이름표를 다는 것을 좋아들 한다만, 이처럼 심리학을 기반으로 한 에니어그램이나 DISC, MBTI 같은 도구를 사용하지 않아도 말 한마디, 말투 하나에 상대가 어떤 사람인지 짐작을 하기도 한다.

성격이 다른 만큼 사람마다 말하는 스타일도 제각각이다. 화통하고 시원시원하면 말도 직진으로 하는 경우가 많은데, 본인은 할 말을

씩씩한 항암녀의 속·엣·말

다 해놓고 뒤끝이 없다고 하지만 누군가는 그로 인해 다치기 쉽다. 반대로 상대방을 배려해 말을 아끼면 겉으로는 문제가 없겠지만, 정작 하지 못한 말로 본인은 속을 끓일 수도 있다. 이렇게 각자가 지닌 대화 스타일이 저마다의 성격처럼 다른 이유로, 소통이 안 되거나 놀라고 당황스러운 일들이 벌어진다.

한 종양 전문 간호사가 암 환자를 상담할 때 있었던 얘기를 들려주었다.

"항암 하실 때는 많이 힘드실 수 있어요, 메스꺼움이 나타날 수도 있고, 손발이 저릿하거나, 피로감도 쉽게 나타나고요. 손톱 색이 변할 수도 있어요."

"어떻게 알아요? 당신은 안 맞아 봤잖아요!"

항암에 대한 설명을 듣더니 환자가 간호사에게 대뜸 던진 한마디. 아마도 그 환자분은 몹시도 억울하고 힘들었나 보다. 그냥 내 일이 너무 커서 누군가의 마음을 생각할 틈조차 없었나 보다. 하지만 그렇다고 사람을 향해 화살을 쏘아대는 것은 옳지 않다. 아픈 상황이니 이해를 하려고 해도, 걸러지지 않고 날을 세운 그대로의 말은 그 사람의 또 다른 얼굴이 된다.

말에 묻어나오는 게 성격이다. 그 사람이 사용하는 언어, 말투, 말하는 방식에 "나 이런 성격입니다."라고 말하고 있다. 말 한마디로 성격을 온전히 판단하기란 쉽지 않지만, 말 한마디로 인격이 드러나는 경우는 생각보다 흔하다. 사람 성격은 잘 안 바뀐다는 말을 하지만 말하는 스타일은 노력해서 바꿀 수 있다. 할 말을 해야 할 때와 하지 말아야 할 때는 알고, 말의 수위를 조절하고, 상황과 대상에 맞게 유연하게 말하는 법을 알면 된다.

사람들이 생각하는 호감과 비호감의 스타일은 정확하게 나뉜다. 성격 따라 의사소통 방식은 다르지만, 누구나 좋아하는 말하기 스타일은 명확하다는 말이다. 주변에서 마주쳤던 사람들을 떠올려 보자. OX 퀴즈 풀 듯 아주 단순하게 호감 비호감으로 나누어 더 자주 만나고 싶은 사람과 멀리하고 싶은 사람으로 분류를 해보는 것도 좋겠다.

먼저 누구나 좋아하는 호감 스타일은 상황별 말하기에 능한 사람, 타인을 배려하고 인정해 주는 사람, 반응을 잘 하는 사람, 유머가 있는 사람, 긍정적인 사람, 말하기 분량이 적당한 사람, 말을 예쁘게 하는 사람, 말투가 부드러운 사람 등이다.

누구나 싫어하는 비호감가는 스타일은 말을 독식하는 사람, 자기 주장이 강한 사람, 험담을 습관처럼 하는 사람, 늘 같은 얘기만 하는 사람, 불만이 많은 사람, 부정적인 사람, 말이 거친 사람, 남의 탓을 잘 하는 사람, 말을 제대로 안 듣는 사람 등의 특징을 갖고 있다.

어떤가? 지금 떠오르는 얼굴들은 당신과 어떤 관계를 유지하고 있는 사람들일까?

소통에 서툰 사람의 가장 큰 특징은 일방적으로 자신이 하고 싶은 말만 한다는 것이다. 상대의 기분은 어떤지, 무슨 말을 듣고 싶어 하는지, 또 어떤 말을 듣기 싫어하는지는 관심이 없고 오로지 앞뒤 맥락도 없이 떠오르는 대로 말한다. 마치 전후 상황을 예측하지 못해서 운전이 미숙한 사람이 사고를 내는 것과 같다. 혹은 본인은 베스트 드라이버라며 '사고만 안 내면 됐지.' 하는 심보로 과속과 난폭 운전을 하는 것과 무엇이 다르랴. 한마디로 위험한 대화의 주인공. 정말 말리고 싶은 순간이다.

소통에 어려움이 있는 것은 말이 어눌해서 생기는 것이 아니라, 말이 일방적이어서 생기는 경우가 훨씬 많다. 주고받는 말의 즐거움인 대화의 본질을 이해하지 못하고 '나는 얘기할 테니 너는 들어라.' 식으로 일관한다. 눈에 보이는 사고가 안 났을 뿐이지, 다른 운전자의 심장을 덜컥 내려앉게 하는 도로 위의 무법자처럼, 말을 할 때도 이마에 아니 입술에 불법 딱지를 붙여주고 싶은 사람들이 있다.

늘 직접적인 표현을 주로 하는 사람, 직진 화법이라고 해 보자. 하지만 앞뒤 상황을 고려하지 않은 채 내 길만 가련다는 식의 직진은 위험할 수밖에 없다. 아우토반이 아니고서야 냅다 전속력을 내어 직진만이 나의 길이라는 방법은 문제가 있다. 시간과 공간을 두고 전후좌우 상황을 살피면서, 멈췄다가 기다리고, 가끔 우회를 택해보는 것도 좋을 것이다. 다시 말해 직선이 아닌 곡선으로 다가가는 것이다.

상대를 배려해 미리 깜빡이 신호를 보낸다거나 안전한 거리를 유지하는 운전자를 보면 '저 사람 참 매너 있네.'라며 얼굴도 모르는 사람에게 호감이 간다. 상대의 상황을 살피며 서두르지 않고 배려하는 운전을 하는 사람들에게서는 여유가 느껴지듯, 대화도 상대를 배려하는 사람들이 멋있다. 반면, 차가 아무리 좋아도 운전이 거칠면 타고 있는 운전자를 향해 손가락질하게 된다.

　운전을 해본 사람은 알 것이다. 운전은 나만 잘한다고 되는 게 아니다. 상대가 보내는 사인도 잘 읽어야 하고, 방어운전도 해야 한다. 서로 말을 직접적으로 섞지 않는 도로 위에서도 알게 모르게 대화가 오간다. 오른쪽으로 갈 거예요, '깜빡깜빡' 좌회전할 거예요, '깜빡깜빡' 멈출 겁니다, '깜빡깜빡' 방향등과 점멸등을 이용해 서로 간의 의사소통을 한다.

　잘하는 운전이란 출발부터 도착까지 도로의 흐름의 방해하지 않고 안전하게 운행하는 것을 말한다. 길이 뻥 뚫렸다고, 자동차의 스펙을 한껏 뽐내기라도 하듯 속도를 내고 질주하는 차량을 보면 심장이 덜컥 내려앉을 만큼 아찔할 때가 있는데, 다른 누군가의 눈살을 찌푸리게 한 운전이었다면 베스트 드라이버라고 할 수 없을 것이다.

　사람들 사이의 오가는 대화도 마찬가지다. 내가 꼭 해야 할 말이 있고, 지식을 전달해야 하는 상황이더라도 팩트만 와다닥 쏟아 내는 일방적인 형식은 상대의 동의를 얻어내기가 쉽지 않다. 우리는 이런 사실을 명심해야 한다. 커뮤니케이션은 쌍방향이라는 것, 그래서 마주한 사람들이 한사람이든 여러 사람이든 어떻게 생각하는지를 물어봐 주고 그들이 나의 의견에 불편함은 없는지 살펴야 한다.

말 몇 마디에 상대에 대한 호감과 신뢰가 한 번에 생기기도 하고, 말 한마디에 가까이 하면 안 되겠다는 생각이 드는 경우도 있다. 상대를 배려하는 존중의 언어를 쓰는 사람들은 누구에게도 호감을 사게 되고, 안하무인격으로 막말을 하는 사람들은 비호감의 언어로 자기 얼굴에 침 뱉는 식의 말을 많이 한다.

그러기 위해서는 '당신이 몰라서 그러는데 내가 맞거든. 그러니까 당신은 지금 잘못하고 있는 거야.'라는 고집스럽고 아집스러운 태도부터 바꿔야 할 것이다. 정치인처럼 당파싸움하듯 확고한 나의 의견을 관철해야 하는 발언은 삼가야 한다. 좋은 말로 해도 될 일을 죽자고 덤벼야 할 일은 생각보다 많지 않다. '못 먹어도 go'라며 하는 직진식 직선 화법은 비호감이다.

올곧은 성격이라 말을 돌려서 못한다고 하는 사람들을 가끔 본다. 그러나 성격은 올곧되 말은 유연하게 할 수 있어야 한다. 상대를 생각해서 지금이 타이밍인지, 내 표현에 문제는 없는지, 말 한마디로 상대가 불편하지는 않을지, 적절한 때와 방법을 생각해서 말하는 사람이야말로 대화에서 더욱 빛날 것이다.

호감 가는 인상을 주고 싶다면 부드러운 곡선 화법으로 말하자. 명료함과 단호함이 필요한 순간에 직선, 상대를 위한 배려가 필요한 순간에는 곡선. 직선과 곡선 사이에 유연함으로 자신의 의견을 어필할

수 있다면 누구보다 매력적인 사람으로 기억될 것이다

　타고나거나 습관이 된 자신의 말하기 방식을 바꾸는 일은 쉽지 않다. 하지만 때에 따라서, 혹은 상대에 따라서 말하는 방법을 조금 바꿔보고, 선택적으로 할 수 있다면 좋겠다. 직접적 표현과 간접적 표현 사이 직진과 우회의 화법 사이에서 유연하게 흐를 수 있다면 도로 위의 베스트 드라이버처럼 커뮤니케이션의 고수가 될 수 있을 것이다.

잔소리

●
·

'하나부터 열까지 다 널 위한 소리'
과연 뭘까?

유행가 좀 안다고 하는 사람들이라면 단박에 맞출 노래! 바로 아이
유와 슬옹이 부른 〈잔소리〉다.

세상에 잔소리를 듣기 좋아하는 사람이 어디 있으랴마는, 잔소리
를 하는 사람은 적지 않더라. '당신의 잔소리 점수는 얼마나 되나요?'라
는 질문을 받는다면, 어떻게 대답하겠는가. 모르긴 몰라도 주변 사람
의 평가와 자기평가의 대답이 제법 오차가 있을 것이다.

나 또한 예외가 아니다. 나는 잔소리를 별로 안 한다고 생각하는
데, 아이들은 내가 잔소리 대장이란다. 대부분은 매일 같은 말의 반복
이다.

"학교 늦지 마라", "먹은 그릇은 설거지통에 넣어야지", "빨래는 빨래통에 넣어라", "나가기 전에 이불 정리 좀 해", "머리 말리고 나면 바닥을 한번 쓸어야지", "양치하고 자라", "핸드폰 너무 오래 하는 것 같은데"

하루에도 몇 번씩 해야 하는 이 말들. 자잘자잘 매일 똑같긴 하다.

사전에는 잔소리의 정의를 '쓸데없이 자질구레한 말을 늘어놓음. 필요 이상으로 듣기 싫게 꾸짖거나 참견함. 또는 그런 말'이라고 되어 있다.

자질구레한 것은 알겠는데 쓸데없는 일이라니. 우리 엄마들의 의도는 정확한 양육에 있을 뿐인데 말이다.

아이를 훈육하다 보면 단순한 규칙을 정해 밀고 나가야 할 때도 분명 있다. 미국에서는 부모들이 'I'm the rule'이라고 적힌 티셔츠를 입기도 한다는데, 나도 하나 구해서 입고 싶다는 생각을 한 적이 있다. 문제는 아이들이 'Break the rule'이라고 적힌 티셔츠를 입고 맞짱을 뜨려하거나 시위 모드에 들어간다는 거다. 웃거나 말거나.

사춘기를 보내고 있는 아이들에게 불청객이 찾아왔다. 여드름이다.

딸 1호는 여드름 없이 매끈한 피부로 십 대를 보냈는데, 아들 2호와 딸 3호는 상황이 달랐다. 앞머리에 가려진 이마를 들추면 봄날 벚꽃 꽃봉오리 물오른 것처럼 발긋발긋한 것이 여간 신경이 쓰이는 게 아니다.

"앞머리를 내리고 다니니까 더 그렇지. 이렇게 좀 까고 다녀 봐."

"안 돼요!"

요즘 아이들에게 앞머리는 또래의 상징 같은 것인지 양보가 없다.

"그럼 집에 있을 때만이라도 이마를 까고 있어 있을래? 엄마가 머리띠 사다 줄게."

나행히도 타협이 이루어졌고, 게임을 하는 아들 녀석의 머리에는 헤드폰 대신 헤어밴드가 필수품이 되었다. 이마가 좀 나아지나 했는데 여드름이 볼에도 번지기 시작했다. 호르몬의 기세가 확장되고 있나 보다.

"엄마가 사준 여드름 세안제로 세수하니? 그거 효과가 있을 텐데."

"그거 기계에 끼웠다 뺐다 너무 귀찮아요. 그래서 안 해요."

세안 기계를 사용해 2분만 하면 되는 걸 그게 귀찮다는 아들 녀석. 야속하다. 답답하다.

그때 딸 1호가 거든다.

"엄마, 얘는 귀찮을 수 있지."

그다지 부지런하지 않지만, 세안 기계의 효과를 알고 매일 같이 열심히 쓰고 있는 1호였다.

하루 2분의 스페셜 클렌징이 최선의 솔루션 같았지만, 밀어붙일 수가 없음을 직감했다. 나는 차선을 선택했다.

"그럼 기계는 쓰지 말고, 비누 대신 여드름 전용 세안제는 쓸 수 있지? 그거라도 하면 좋겠는데. 로션도 여드름용으로 꼭 바르고. 나중에 여드름 자국이 남을까 봐 걱정돼서 그래."

"나중에 다 없어진대요."

"없어지는 경우도 있는데, 심한 사람은 어른 되도 남을 수 있어."

나는 걱정이 되는 나의 마음을 고스란히 드러내어 말했다.

"그게 뭘 귀찮아! 2분이면 되는데!"라고 말하고 싶었지만, 나 또한 화장 지우기 귀찮은 날이 있다. 2분이면 되는 윗몸 일으키기도 내일도 미루고, 이른 아침 화장실도 걸어가기 싫어 뭉그적대는 침대 위의 내 모습을 생각하면 이해 못 할 일도 아니었다.

내 잔소리 대상으로 두 딸도 마찬가지이다. 두 딸은 방을 함께 쓰고 있는데 나는 공주라는 표현을 하고 싶지 않다. 이유는 그녀들의 방이 공주의 이미지와는 너무나 다르기 때문이다. 나는 딸들 방에 들어갈 때마다 한숨이 나온다. 한마디로 잔소리 일발 장전할 각이다. 수건이며 입던 옷가지며, 누가 봐도 어제 입은 옷이 무엇인지 알게끔 침대에 걸쳐져 있고, 정리와는 담을 쌓고 사는 두 여자들 때문에 미간이 절로 찌푸려진다. 서로의 감정만 상하게 하는 것이 잔소리인 것을 알기에 못 본 척 문을 닫는 경우도 있지만, 그러다 지저분함이 버릇될까 하여 훈육에 들어가기도 한다.

살다 보면 반드시 하게 되는 잔소리. '하나부터 열까지가 널 위한 소리'를 어떻게 하면 잘할 수 있을까? 이동운 코치는 그의 저서 《코칭의 정석》에서 '잔소리란 옳은 이야기를 기분 나쁘게 하는 것이다'라고 했다. 그러니 우리는 옳은 이야기를 기분 나쁘지 않게 하는 법을 알면 된다.

"야! 방이 이게 뭐니? 돼지우리도 이것보단 낫겠다!"라는 습관이 된 레퍼토리를 버려보자. 물론 쉽지 않다. 우리가 원하는 것은 방이 깨끗해지는 것이고, 아이들이 스스로 치울 수 있는 아이가 되길 바라는 것이지 "너는 왜 그 모양 그 꼴이니?"라며 비난하는 데 목적이 있지 않다는 것을 기억하자.

그래서 나만의 잔소리 규칙을 세워 봤다. 이때 말은 간결할수록 좋다. 사태의 심각성이 길어지면 사안을 쪼개어 깊게 파고 들어가 말이 길어지기 십상이다. 잔소리가 긴소리가 되면 최악이다. 부모는 중요해서 하는 말인데 아이들은 지겹다. (머릿속에 '또 시작이야' 밖에 없을 것이다.)

〈1 DAY 잔소리 법칙〉

1 MINUTE _ 잔소리는 1분 내로, 짧아도 충분하다. 길어봤자 감정만 상한다.

DOING _ 해야 할 것을 정확히 말한다.

AGREEMENT _ 자녀의 동의 여부를 묻는다.

YES or No_ 긍정의 대답을 얻는다. No라고 말하면 그가 원하는 방식과 절충의 합의선에서 조율하는 것도 방법이다.

간식이나 밥을 먹고 식탁을 치우지 않는 아이들의 경우를 예로 들어보자. 잔소리의 목적은 식탁의 청결 유지와 치우는 습관을 들이기에 있다.

　1분 안에 끝낸다.

　"먹었으면 치워야지. 다 먹은 그릇은 설거지통에 넣어. 물에 잠기게 하고."

　"반찬 남은 건 어떻게 치우는지 모르겠어요."

　"랩 씌워서 냉장고에 넣거나 싱크대에 버려. 할 수 있겠어?"

　"네."

　그리고 놓치지 말아야 할 것이 여러 번 못했을 때보다 어쩌다 잘했을 때다.

　"다 먹고, 김치는 냉장고에 넣었네?"

　"다른 건 몰라도 왠지 김치는 넣어야 할 것 같아서요."

　"맞아. 잘했어!"

　한 번에 되면 좋겠지만 잘되지 않는다. 애들도 똑같은 소리 듣기 싫으면 안 하는 날이 오겠지 하는 믿음으로 한 번 더 져주는 게 부모 아닌가. 사랑은 더 많이 하는 사람이 지는 게임이라고 했으니, 우리 부모들은 자녀를 이겨 먹을 방법과 도리가 없다. 자녀에게 져줄 수밖에 없다. 어찌 됐든 훗날, 내가 반드시 지켜볼 것이다. 너희들이 자녀를 키울 때 굵은 소리를 할지 잔소리를 할지 말이다.

사랑에 빠지는데 10분이면 된다던 이효리의 노래를 벤치마킹 해보자. 잔소리는 1분이면 족하다.

Just 1 minute!

잘 들어야 한다. 말을 듣고 말에 숨은 내면이 하는 말을 듣는 것, 들리는 대로만 듣는 소극적 경청이 아닌, 열심히 듣고 내면이 하는 말까지 들을 수 있는 적극적 경청이 이루어지면 공감의 기본자세를 갖추게 된다.

공감

한 사람을 위한 마음

●

·

아이들이 어릴 적엔 우르르 몰려가 같은 영화를 보는 게 가능했다. 애니메이션이 그랬고, 아바타 같은 SF도 그랬고, 영화 보러 가자고 하면 아무 말 없이 따라가던 아이들은 조금씩 커가면서 각자 따로국밥이 되어 갔다. 사춘기 아이들의 취향을 통일할 수는 없는 노릇이니 서운하다기보다는 편하다는 것이 더 맞을 것이다.

그런데 얼마 전 막둥이가 재미있는 영화가 있다며 보러 가자고 데이트 신청을 해 왔다. 친구가 봤는데 너무 재미있어서 한 번 더 보고 싶어 한다고, 자기도 엄마와 꼭 같이 보고 싶다는 것이다. 아이는 너무 간절해 보였다. 그래서 다음 날 조조를 보자고 약속을 했는데, 알고 보니 아이가 언니 오빠들하고 이미 본 영화였다. 이미 보고도 한 번 더 볼 만큼 재미가 있다는 건 친구 얘기가 아닌 자신의 얘기였다.

개봉한 지 며칠 만에 천만 관객을 돌파했다며 입소문을 타기 시작

씩씩한 항암녀의 속·엣·말

했던 영화였는데, 어린 것이 얼마나 더 보고 싶었으면 그랬을까 싶어서 아이를 불러 놓고 얘기를 했다.

"너 그 영화 며칠 전 할머니네 집에 갔을 때 봤다며, 근데 왜 안 본 것처럼 말했어? 봤다고 하면 엄마가 안 본다고 할까 봐 그랬어?"

"네….'"

아이의 목소리는 풀이 죽어 있었다.

"그럴 땐 그렇게 둘러대는 게 아니고 솔직하게 말해도 괜찮아. 너무 재미있어서 엄마랑 한 번 더 보고 싶다고 하면 엄마가 안 된다고 하겠어? 내일 조조 시간 알아보자. 근데 그게 그렇게 재밌어?"

"네, 진짜 진짜 웃겨요!"

아이는 생기를 되찾았다.

나는 영화에 대한 정보가 없었다. 영화를 예매하러 극장 사이트에 접속했더니 영화 포스터가 영 별로였다. 나의 영화 취향은 지독히도 내 멋대로여서 포스터가 맘에 들거나 예고편이 끌려야 보는데, 주로 로맨틱이나 휴먼 드라마 종류가 주종을 이룬다. 한마디로 〈어벤져스〉나 좀비 영화 같은 건 아무리 스케일이 있고 관객 수가 최고점을 찍어도, 내겐 남의 집 이야기이다. 한마디로 노잼이다. 로맨틱이나 휴먼 드라마처럼 지극히 인간적이고 인간적인 따스한 영화가 좋은 걸 어쩌랴.

거기에다가 바쁜 일정으로 영화를 안 본 지도 한참 전이었던 나는 코믹 영화 한 편에 깔깔거리며 즐길 기분이 아니었다. 아이가 보자고 콕 집은 영화는 유치할 것 같았고, 마침 개봉 첫날을 맞은 다른 영화의 포스터가 눈에 들어왔다. 예고편을 보니 피겨스케이트를 다룬 러시아 영화였는데, 제대로 취향 저격이었다. 아이도 좋아할 것 같아서 아이를 설득해 보기로 했다.

약속을 해놓고 영화를 바꿔서 보는 게 마음에 조금 걸리기는 했지만, 영 맘에 내키지 않는 영화를 보고 후회하는 것보다는 내가 좋아하는 영화를 보는 게 낫겠다 싶어 아이 꼬시기 작전에 들어갔다. 어차피 아이는 이미 본 영화였으니 한 번 더 안 봐도 큰 문제 없겠다 싶었기 때문이다.

결국, 아이에게 팝콘 세트를 약속하며 나는 내가 보고 싶었던 영화를 쟁취했다. 영화는 예상대로 내 취향이었다. 보는 내내 행복했고 보고 나서도 잔잔한 그런 영화였다. 예쁜 의상을 입고 얼음 위에서 피겨를 하는 모습이며, 도전하고 성공하는 스토리에 사랑 이야기까지, 〈겨울왕국〉에 홀릭됐던 아이도 좋아할 것 같았다. 영화 상영 중 몇 번 흘깃 아이를 살펴보았더니 흥미롭게 보는 것 같았고, 내심 다행이다 싶은 마음에 미안함을 조금은 내려놓을 수 있었다.

2시간 가까이 되는 영화가 끝나고 엔딩 크레딧이 올라가며 영화관의 조명이 밝아졌다. 주섬주섬 옷을 챙기고 나갈 준비를 하는데 아이가 말했다.

"나 피겨스케이팅 안 좋아해요."

"뭐, 진짜?"

"유치원에서 피겨스케이팅 배울 때 너무 힘들었단 말이에요. 그래서 피겨스케이팅 안 좋아해요!"

세상에나.

영화가 상영되는 두 시간 가까이 피겨스케이팅이 나왔는데, 그 시간 내내 싫었단 말인가. 낭패다. 상상도 못 했다.

아이는 유치원을 다닐 때 특별활동 시간에 피겨스케이팅을 배웠었다. 김연아 같은 피겨스케이팅 선수를 꿈꿨던 건 아니지만, 하나둘 하나둘 엉덩이를 쏙 빼고 배우는 그 모습이 너무 귀여워서 나는 아이가 피겨스케이팅을 당연히 재미있게 배우는 줄로만 알고 있었던 것이다.

너무 미안했다. 내 욕심만 차린 엄마의 옹졸한 선택이 아이에게 상처를 준 것은 아닌가 싶어 가슴 깊이 미안한 마음이 올라왔다. 영화도 그냥 아이가 보자는 것 볼 걸 후회가 되었다. 나야말로 원하는 영화는 혼자 보면 될 일이었다. 데이트한다는 핑계로 겉 포장이야 그럴듯했지만, 진심은 아니었던 엄마로서 생각이 짧았던 내 모습이 부끄러워 그날 하루 종일 미안했다. 미안하다 못해 죄스러워서 머리를 쥐어박고 싶은 심정이었다.

아이를 위해 시간을 내고 데이트를 하는 척만 했지 내 욕심만 부린 셈이 되었다. 아이와 시간을 보내고 싶은 내 마음은 말뿐인 허상이었다. 눈을 맞추고 손을 잡고 너의 이야기를 듣겠다던 나는, 결국 내가 하고 싶은 대로 한 이기적인 엄마였다.

가만히 생각해 보니 어디 그날뿐이었으랴. 공수표를 날리지 않으려고 애쓰지만, 여전히 지키지 못한 약속들이 있다. 엄마랑 놀이공원을 가고 싶다던 아이의 소원도, 엄마랑 쇼핑하고 싶다는 아이의 버킷리스트도, 스케줄이 바쁘다는 핑계로 미루기가 일쑤다. 큰아이가 어렸을 때는 설거지를 하다가도 고무장갑을 벗고 눈높이를 맞춰 이야기를 들어줬는데, 아이가 하나둘 늘면서 세 아이가 되니 온전히 나를 비우고 아이의 목소리를 듣는 것이 점점 어려워졌다.

"잠깐만 엄마 이것 좀 하고", "엄마가 지금 바빠서", "미안한데 나중에 얘기하면 안 될까?"

이런 말들이 습관처럼 되어버렸다.

아이들은 바쁜 엄마에게 익숙해졌고, "엄마, 내일 시간 돼요?", "주말에는 시간 낼 수 있어요?", "엄마랑 가고 싶은 데가 있는데….."라며 가끔씩 내미는 손조차 나는 바쁘다는 핑계로 자꾸만 아이와의 약속을 미뤘다. 잡아주지 못하고 있었다. 아이들은 아직 엄마가 필요한데, 조금 컸다는 이유로 이쯤은 괜찮을 거로 생각했고, 같이 하자고 해놓고 내 맘대로 하고, 내 잣대로 자르고 결정하는 일이 잦아졌다.

아이가 어리다고, 어린 너의 결정보다 분명 어른인 엄마의 결정이 옳을 거라는 믿음이 있었던 걸까? 너보다 내가 더 바쁘고 할 일이 많으니 내가 더 우선이라고 은연중에 말하고 있었나 보다. 억지스런 공감 놀이의 노력은 존중이 빠져 있었으니 제대로 될 턱이 없었다.

나는 적잖이 불편했다. 강의할 때마다 공감이 그렇게 중요하다며 강조를 했던 내가 실상은 번지르르 말만 앞세운 사람이 된 것 같았기 때문이다. 그리고 알았다. 공감 이전에 존중이 있어야 한다는 것을 말이다. 사람에 대한 존중, 다름에 대한 존중, 선택에 대한 존중이 먼저이어야 한다. 상대를 인격체로 온전히 봐주고 인정해 주는 존중의 자세가 커뮤니케이션의 기본이자 핵심이었다. 그러니 공감의 중요성을 안다면, '공감해 줘야지!'라고 마음먹기 전에, 내가 상대를 존중의 마음으로 바라보고 있는가를 생각해 봐야 할 것이다.

현실에서 마주한 나의 모습을 반성하는 의미에서 막둥이와 다시 영화를 보기로 했다. 몇 주 지나자 아이가 전에 보자고 했던 영화가 인터넷 티브이로 볼 수 있게 뜬 것이다. 따끈따끈한 신작이라 제법 비쌌지만, 아이에게 상처가 되었던 걸 생각하면 결제 버튼을 누르기를 망설일 이유가 없었다. 아주 호탕하게 거금 만원이 넘는 돈을 내고 우리는 영화를 보기 시작했다. 시작부터 코믹요소를 곳곳에 배치한 것은 알았지만, 거친 대사와 매끄럽지 않은 흐름이 주는 거부감은 심리적으로 부담스러웠고, 주말 늦은 밤 몰려오는 피곤은 내려오는 눈꺼풀을 막을 재간이 없었다. 나는 알고 있었다. 이미 내 눈이 반은 감겼다가 뜨기를 반복하고 있었던 것을 말이다. 소파에 눕다시피 해서 보기 시작한 영화는 결국 수면제가 되었다. 내가 눈을 떴을 때는 이미 영화가 끝나 있었다.

다음 날 아침, 막둥이가 따지듯이 묻는다.

"엄마! 어제 영화 보다가 또 잤죠?"

또, 그렇다. 나는 상습범이다.
"엄마는 나랑 영화를 보면서 끝까지 본 적이 한 번도 없어요. 맞죠?"
거의 수사반장 취조 수준이다.
"그건 아니고, 밤에 보니까 그랬나 봐, 피곤해서, 엄마가 미안해. 된장."
체면이 말이 아니다. 어차피 욕먹을 거 한 번만 먹고 말걸. 만회한 답시고 자책골을 넣은 꼴이 되었다. 에잇, 공감 놀이는 너무 어렵다.

반성문:
더 미안해지기 전에 아이를 보듬어야겠다. 아이가 원하는 말이 입술이 아닌 가슴에서 나오는 것임을 늘 기억하고, 아이가 온전히 사랑받고 있음을 느낄 수 있도록 허울뿐인 약속이나 말뿐인 공감이 아니라, 세포 하나하나가 상대에게 향하듯 귀를 열고 마음을 열어야겠다. 아이가 존중받고 있음을 느낄 수 있도록 말투며 시선까지도 주의해야겠다.

아이와 자주 시간을 함께할 수 없는 나는 아이와 나를 위한 규칙을 만들어 봤다. 이것만은 지키자 하는 마음에서였다. 워킹맘들이 느끼는 시간 부족의 양적 결핍을 대신할 수 있는 질적 충족을 위해 '어떻게 하면 좋을까?' 하는 게 고민의 시작이었다.

하나, 일대일 데이트 시간을 만든다. 자녀가 많아도 한 명과 온전히 갖는 시간을 따로내어 갖는 것은 너무 중요하다. 이른바 'One on one' 이다.

둘, 데이트 코스를 직접 짜게 만든다. 아이가 하고 싶은 것이 있을 것이다. 아이의 주도성을 키우는 데 도움이 된다.

셋, 약속은 반드시 지킨다. 아이가 스스로 소중한 존재라고 느낄 수 있도록 다른 일에 우선순위가 밀리지 않도록 한다.

그리고 귀하게 준비한 데이트를 더욱 효과적으로 만드는 꿀팁!
이름하여 TOUCH 기법이다.
Time Together : 아이에게 집중하기
Off line : 랜선노노
Understand : 이해하려고 애쓰기
Choice : 아이가 선택한 방법으로
Happy : 데이트 중엔 많이 웃기

그리고 'Touch'라는 말처럼 눈으로 터치해 주고, 손으로 터치해 주고, 아이들 어릴 때 쓰담쓰담을 많이 해주면 아이도 사랑을 느낄 것이다. 요즘 엄마들은 육아 고수들도 많지만, 나처럼 일이 바빠서 자녀와 긴 시간을 충분히 내지 못하거나 체력이 따라주지 않아 고민인 부모들의 특급 데이트 비법이 되길 바란다.

반드시 유념해야 할 것은 아이를 위해 시간과 공간을 온전히 내는 것이다. 그리고 그사이 아이의 말을 전적으로 들어준다. 아이가 바라보는 것을 같이 봐주고, 아이가 관심 있는 것에 귀를 기울여야 한다. 돈만 썼다고 데이트가 아니다. 같이 있었다고 데이트가 아니다. 몸은 내 앞에 와 있는데, 밥을 먹으면서도 휴대전화를 손에서 놓지 못하고, 세상일은 혼자 다 하는 양하는 애인이라면 "그냥 가서 일해!"하고 싶지 않겠는가? 그러니 시간과 공간에 온전히 사람이 들어와 있으려면 함께 바라보고, 얘기하고, 공감으로 소통해야 한다. 그리고 공감 이전에 대상이 되는 사람에 대해 존중하고 있는지 스스로에게 물어볼 일이다. 함께하는 사람의 의견을, 취향과 선택을 존중하려는 마음이 먼저라면 애써서 무언가를 더 하려고 하지 않아도 그대로 우리의 태도가 전달될 것이기 때문이다.

온전히 아이를 위해서 나를 준비해 보자. 시간과 공간을 내어주고 정성껏 온 영혼을 쏟아 집중해 주는 시간을 내어보자. 언제라도 안길 수 있는 넉넉하고 안전한 품이 되어주는 것. 해 질 녘 땅거미가 질 무렵 코끝을 타고 오는 진한 밥 냄새가 발걸음을 절로 집으로 향하게 하듯, 우리는 두 팔 벌린 채 아이를 기다려야 할 의무가 있다.

라디오를 켜 봐요

●
·

　얼마 전 내게 사과나무가 하나 생겼다. 6년을 하루같이 라디오를 들으시던 사과농장 농부님께서 선물로 나무를 한 그루 주신 것이다.

　5월이면 사과나무에 꽃이 열리고, 콩만 한 콩 사과가 열린다며 소식을 전하던 분이었는데, 사과꽃 필 때 놀러 간다던 약속을 수년이 흐른 후에야 겨우 지키게 되었다. 사과 수확 철에 몇 번 가보긴 했지만, 꽃이 피는 봄에 가보긴 처음이었다. 사과꽃이 흐드러지게 핀 곳은 흡사 무릉도원 같았다. 약속 시간에 늦은 것이 죄송스럽기만 한데, 선물이라며 한 그루에 이름표를 달아주셔서 몸 둘 바를 몰랐다.

　초록이 좋아 한해살이 화초를 사다가 심기를 종종 했지만, 화초 키우기에 영 재주가 없는 나는 초록이들과 이별을 하기도 여러 번이었다. 그러나 나무는 가져본 적이 없다. 봄이면 꽃이 피고, 꽃이 지면 열

매가 열리는 과실나무들은 땅에 든든하게 뿌리를 내리고 있고, 조석으로 잘 보살피는 농부님이 계시니, 가을이면 나는 내 나무에 사과가 열리는 것을 보게 될 것이다.

들판의 곡식과 농작물들은 주인의 발걸음 소리를 들으며 자란다고 한다. 들여다보고 보살펴야 한다는 말일 게다. 사과 농부님은 농번기가 시작되면 새벽부터 해가 떨어질 때까지 부지런히 발걸음을 하시며 하루 종일 그 넓은 사과밭을 오르내리는데 지루함을 달랠 요량으로 라디오를 들으신다고. 농장 곳곳에 스피커를 설치해 놓고 봄 여름 가을 내내 배경음악으로 틀어놓는다고 하셨다. 내가 진행하던 채널은 음악 FM이었으니, 가요와 팝송 장르를 넘나드는 노래가 종일 흐르리라.

그렇게 사과농장에 퍼지는 음악 소리는 본인만 좋아서 만든 게 아니라고 하셨다. 음악을 듣고 자란 젖소에서 짜낸 우유가 품질도 좋고 양도 많다는 정보를 들으시고는 사과도 그랬으면 하는 마음으로 음악을 들려주셨다고 한다. 농작물에 대한 애정이 사람을 움직이게 한 것이다.

라디오 채널은 셀 수 없이 많다. 하지만 그 많은 채널 중 내 취향에 맞는 프로그램을 찾아내는 일은 노력과 운이 필요한 것 같다. 라디오를 듣겠다는 의지로 전원을 켜야 하고, 음악적 취향과 진행자의 멘트가 내가 가진 코드와 맞아떨어져야 정착할 수 있다. 그렇지 못하면 취향 저격 주파수를 찾아내지 못한 채 라디오 유목민이 되거나 문외한이 될 수 있다.

씩씩한 항암녀의 속·엣·말

텔레비전과 라디오밖에 없던 내 어린 시절과 비교하면 요즘 세상은 볼거리가 곳곳에 깔려 있다. 종합편성채널이 생기면서 시청자들의 선택지는 더 많아졌고, 스마트폰이 생기면서 유튜브 시장이 또 다른 매체가 되었다.

어른이나 아이 할 것 없이 공유세상에서 허우적대고 있지 않은가? 나 또한 마찬가지다.

언니 오빠와 함께 생활하던 1990년, 우리가 살던 자취방에는 늘 라디오 소리가 울렸다. 브라운관에 꼼짝하지 않고 시선을 주지 않아도 되고, 다른 일을 하면서도 자유롭게 들을 수 있다는 게 라디오의 장점이라는 언니의 주장이었다. 물론 자취방에 텔레비전은 사치이자 불필요했으니까 더더욱 그랬다.

지금도 나는 눈을 뜨자마자 라디오를 켠다. 밤새 주인과 함께 잠들었을 집안 공기를 일깨우는데 음악만 한 것이 없다. 그리고 대부분의 라디오 진행자들은 어찌나 친절한지, 그날의 햇살, 바람을 거실까지 그대로 옮겨주기라도 할 듯 세심하고 다정하지 않은가 말이다. 적당히 음악을 들려주며 마치 내 기분을 알고 있다는 듯, 아니 내 기분이 좋아지길 바란다는 듯 그렇게 참 좋은 선곡들을 이어간다.

라디오가 사라지지 않을까 우려하던 때도 있었던 것 같다. 텔레비전 보급률이 높아지면서였을 것이다. 하지만 그렇지 않다. 오히려 라디오와의 소통은 예전보다 빨라졌다. 엽서나 편지를 보내던 것이, 팩스나 게시판 사연으로 바뀌더니, 문자를 주고받는 시대가 되면서 더 많은 사람과 서로의 이야기를 더 빠르게 주고받게 되었다.

엽서를 써서 우체통에 넣고 이제는 내 엽서가 도착했을까? 오늘은 DJ가 내 엽서를 보았을까? 오늘은 내 사연이 방송에 나올까? 오늘 아니면 내일은 나올까? 두근두근하며 기다림이 설렘이 되던 예전의 추억은 손안의 휴대전화로 대체 되었지만, 재치 있는 청취자들의 센스 넘치는 반응은 라디오를 더 살아있는 공간으로 만드는데 일등 공신이 되었다.

라디오를 켜보자. 친절한 DJ가 들려주는 말에 친구처럼 대답도 해 보고, 흘러나오는 유행가에 덩달아 바운스 바운스도 해 보고, 첫사랑 얘기에 먼 산 바라보듯 과거 여행을 잠시 해 보기도 하고, 살아있는 나의 감각세포에 조용한 활력을 불어넣는 것. 내가 지금 이 순간, 돌아가는 세상 속에 함께 숨 쉬고 살아감을 느끼는 것. 요란스럽지 않은 일상의 쳇바퀴를 같이 굴려주는 친구가 돼줄 것이다.

나는 왜 이렇게 라디오 예찬을 하고 있는가? 단지 전직 라디오 DJ이기 때문은 아니다.

단언컨대, 라디오는 세상을 향해 열어놓는 창문이다. 그리고 당신을 해치지 않을 아주 좋은 친구가 될 것이다. 간혹 우울함이 깊이 밀려오면 라디오의 음악도 소음으로 들릴 수 있다. 나 또한 선택적으로 라디오의 전원을 차단하는 경우가 있기 때문에 잘 알고 있다. 온통 내 공간에 적막만이 흐르기를 강력히 원할 때가 있다. 하지만 그 시간이 긴 것은 좋지 않다. 적막함이 주는 에너지가 내 몸의 세포 하나하나를 기운 빠지게 하기 때문이다.

하지만 노래 한 곡이 에너지를 전환하기도 한다. 그것이 추억의 팝송일 수도 있고, 젊은 시절 푹 빠져 듣던 나만의 인생 명곡일 수도 있다. 한창 핫하게 전국을 강타한 노래일 수도 있고, 나의 부모님이 노래방에서 부르는 그때 그 노래일 수도 있다. 그렇게 라디오는 당신에게 말을 걸어올 것이다.

라디오는 보통의 행복이다. 라디오를 듣는다는 것은 나와 아주 잘 맞는 채널을 골라 친구를 두는 일이다. 코드가 맞는 친구를 두면 그것만한 행복이 없지 않은가. 만나주지 않는다고 징징대는 법이 없는, 늘 같은 자리에서 내가 오기를 기다리는 누군가가 있다는 것을 기억하자.

지금 내 기분과 딱 맞는 곡을 선물처럼 듣고, 어쩌다 보낸 문자 한 통이 선택되어 방송되는 복권 당첨 같은 짜릿함까지. 더 운이 따라준다면 협찬 선물의 득템까지! 계 타는 날이 당장 오늘이 될지 아무도 모를 일이다.

욕심 없이 들으면 선물이 되고, 욕심을 부리면 서운함이 될지도 모를 라디오. 가만히 욕심을 내려놓고 귀를 맡기고 있어 보자. 아주 소소한 나의 일상조차 보통의 행복이 될 것이다.

어쩌면 우리들 가슴에 햇살과 바람, 별빛 달빛과 음악에도 자라는 사과나무 같은 마음이 있을지 모른다. 그러니 너무 마르지 않게 비를 내려주고, 햇살을 비춰주고 바람이 통하도록 세상을 향해있는 창문을 하나 열어두길 바란다.

휴식 같은 친구

●
•

가수 서유석 씨와 인터뷰를 할 때였다.

워낙 라디오를 오래 진행한 분이어서 뭔가 라디오에 대한 철학이 있을 것 같아서 물었다.

"라디오는 뭐라고 생각하세요?"

그랬더니 역으로 질문이 들어온다.

"텔레비전은 눈으로 보는 매체죠. 그럼 라디오는 무엇으로 듣습니까?"

"귀… 로… 듣죠."

너무 당연한 질문이라 의아한 생각이 들어서 대답을 머뭇거렸더니,

"아니죠, 라디오는 가슴으로 듣는 거죠."

'아!'

순간 온몸에 전율이 흘렀다. '그렇지, 그거지!'

아직도 잊을 수 없는 내 생애 최고의 인터뷰였다.

나는 가슴을 열고 다가오는 사람들을 매일 만나고 있었던 것이다.

가슴으로 듣는다는 것은, 마음으로 듣는다는 말이다. 마음으로 듣는다는 것은 어떤 판단과 잣대를 들이대지 않고 있는 그대로 받아들이며 함께 느끼는 것이다. 생각이 말하려는 것을 잠시 멈추고 느낌과 감정을 따라가는 것. 그것이 바로 공감일 것이다.

우리는 얼마나 공감을 잘하고 있을까? 공감은 정서가 고르게 발달한 사람이 잘 한다. 감정이 풍부하고 감성이 발달한 사람, 머리보다 가슴이 먼저 움직이는 유형의 사람 말이다. 지능지수에 주목하던 시대는 가고 감성지수가 주목받고 있다. 감성지수란 인간의 정신작용을 정서적으로 파악한 지수를 말하는데, 자신은 물론 다른 사람의 감정을 이해하는 능력과 감정을 통제할 줄 아는 능력을 말한다. 이런 감성지수가 높은 사람일수록 공감을 잘한다. 타인의 아픔에 안타까워하고, 타인의 기쁨에 함께 행복을 느끼는 사람처럼 말이다. 어떤 사건 사고나 이야기에 "근데 뭐? 나랑 상관없는데." 하며 선을 긋는 사람하고는 확연한 차이가 있다.

유행했던 드라마 〈스카이 캐슬〉의 오나라의 대사가 떠오른다.

"내 말이, 내 말이!"

내가 하고 싶은 말이 바로 그것이고, 내 심정이 바로 그 심정이라는 말이 숨어 있을 것이다.

'내 말이 그 말이야!'라는 마음이라면 무슨 말이 더 필요할까? 이심 전심으로 통하는 것을.

하지만 "그건 네 생각이고!"라는 한마디는 마음의 칸막이를 하나 세워놓은 형국이다. 그러니 마음을 닫게 되고 말문을 닫게 되는 한마디에 공감과는 사뭇 거리를 두고 담을 쌓게 되는 일일 것이다.

공감을 주제로 강의를 한 날이었다. 강의가 끝나고 한 남자분이 조심스럽게 다가왔다. 물어볼 게 있다던 오십 대 중반의 남성분은 공감을 잘할 줄 몰라서 아내에게 매번 혼난다며 멋쩍은 표정을 지으셨다. 공감은 어떻게 하는 거냐며 물으시길래, 아내분이 얘기할 때 주로 어떻게 하시냐고 되물었다.

그랬더니 아니나 다를까 주로 조언이나 충고를 한다는 것이다.

"그냥 가만히 들어만 주셔도 돼요. '그랬어?' 하고요. 그리고 아내분의 마음이 어땠는지만 읽어주셔도 충분할 거에요. 한번 해보실 수 있겠어요?"

"아, 그런 방법이 있었군요. 그러고 보니 충분히 들어주지 않았던 것 같네요."

"도와주고 싶으셨던 거죠?"

"그렇죠, 문제를 얘기하면 어떻게 해야 하는지 알려 달라는 거 아닌가요?"

가끔은 옳고 그름을 떠나 그냥 충분히 말하는 것을 들어주는 것만으로도 말하는 사람에게 도움이 될 때가 많다. 답답한 심정을 어디에 토로하고 싶어서 말한 건데, "그게 아니지, 네가 잘못했네!"라고 하면 누가 좋아하겠는가. 게다가 대부분 문제에 대해 토로하는 사람들은 "내가 맞지!"라고 말하고 있는 경우가 많다. 그러니 "그래, 네가 맞아!"라고 해주면 될 일이다.

　개인주의가 사랑받고 사생활이 중요한 시대에 살고 있지만, 사람과의 소통은 중요한 일이다. 누가 나를 이해해주기를 바란다면 내가 먼저 이해하려는 마음이 있어야 하고, 혼자서도 행복하지만 더불어서 행복한 방법도 알아야 한다. 그러려면 마음과 마음이 통하는 방법, 타인에게 공감하는 방법을 알고 있어야 한다.

　공감을 잘하려면 어떻게 해야 할까?
　누가 뭐래도 공감의 첫 단추는 경청이다. 잘 들어야 한다. 말을 듣고 말에 숨은 내면이 하는 말을 듣는 것, 들리는 대로만 듣는 소극적 경청이 아닌, 열심히 듣고 내면이 하는 말까지 들을 수 있는 적극적 경청이 이루어지면 공감의 기본자세를 갖추게 된다.
　라디오를 들으며 공감의 첫 단추인 듣기 연습을 해보자. 라디오의 장점이 틀어놓고도 일을 할 수 있는 매체라고는 하지만 나도 모르게 마음이 머물면서 멈칫하게 되는 순간이 있을 것이다. 그 순간을 놓치지 말고 들여다보자. 음악이 되어도 좋고, 사연이 되어도 좋다. 그 순간 마음이 스멀스멀 움직이는 그 느낌을 따라가 보는 거다. 그리고 잠시 거기에 그대로 머무르는 것. 공감이란 그렇게 그 자리에 마음으로 함께 존재하는 것이니까 마음의 울림을 있는 그대로 느껴보길 바란다.

대부분의 음악 프로그램 라디오 진행자들은 공감 능력이 탁월하다. 그들의 리액션과 멘트 하나하나를 바로 옆에서 친구처럼 함께 하다 보면, 자연스럽게 공감법을 익히게 될 것이다. 알맞게 맞장구를 쳐주고, 따뜻하게 위로해주고, 내 편인 것처럼 용기를 북돋워 주는 방법. 가슴으로 통하는 친구는 서로 닮아간다고 하듯이 주파수를 통해 전해지는 좋은 에너지를 닮아보자.

시간 되면 기다려지는 라디오 프로그램을 친구삼아, 공감을 참 잘하는 친구 하나 곁에 뒀다고 생각하고 함께 나눌 수 있는 이야기를 주고받고, 마음으로 함께 나누다 보면 세상이 얼마나 따뜻하고 살만한 세상인지 알게 될 것이다. 들어보면 알게 된다. 내 말에 진심으로 공감하게 될 것이다.

씩씩한 항암녀의 속•엣•말

한 번만 더

●

•

'다른 분이 하시면 안 돼요?'

얼마 전 건강검진을 갔다가 꿀꺽 삼킨 한마디다.

혈액검사를 하는데 혈관이 잘 잡히지 않아 세 번이나 바늘을 다른 곳에 찔러 넣어야 했다. 죽을 만큼 아픈 건 아니지만 또 실패하는 건 아닌지 불안했다. 그냥 다른 임상병리사가 한 번에 빡! 하고 제대로 했으면 좋겠다는 마음이 들었다. 길고 긴 병원 생활에 바늘에는 이골이 난 사람이지만, 그렇다고 고통에 무뎌지는 건 아니다.

나는 그날도 역시 '다른 분이 하시면 안 돼요?'라고 말하고 싶은 걸 혼자 속으로만 되뇌고 말았다. 내 팔뚝을 부여잡고 죄송하다며 어떻게든 해보려고 애쓰는 젊은 간호사가 내 딸이면 어떨까 싶은 생각에 안쓰러운 마음이 들었기 때문이다. 어리니 아직 당연히 경험이 부족할 것이고, 오른쪽 팔은 채혈이 불가능했다. 수년간의 규칙적인 채혈로 몸 상태가 안 좋은 나의 신체조건을 감안했을 때 간호사 입장에서는 어찌 보면 운이 없이 최악의 환자가 걸렸을 수도 있는 거였다. 내 오른쪽 팔은 수많은 채혈로 어려운 상태였다. 내가 뭐라고 그 사람의 하루를 망칠 자격이 있겠는가?

'그래, 나 같은 환자 한번 성공하고 나면 그녀에게도 경험이 더 쌓이고 자신감도 붙을 거야.' 그렇게 생각하니 한 번 더 찔러주는 건 군말 없이 참을 만했다. 눈 한번 질끈 감으면 되는 일이니 말이다. 다행히 그녀는 세 번째 성공했고 얼굴이 밝아졌다. 나는 그녀에게 수고했다는 말을 하고 돌아서며 스스로에게도 '잘했어.'라고 칭찬해 주었다.

입장을 바꿔보면 의외로 많은 것들이 풀린다. 단지 우리는 그것을 안 하려고 한다. 그냥 내게 올라오는 그 생각에만 빠져든다. 잠시 상대가 되어보는 것만으로도 사고가 전환되고 확장된다. 나는 이 방법을 나의 아이들에게도 자주 이용한다.

나는 엄마의 입장이지만, 사춘기 아이로 돌아가 보면, '그래, 놀고 싶을 때지.', '그래, 친구가 좋을 때지.', '그래 멋 부리고 싶을 때지.' 그 마음이 보이기 때문이다.

'입장 바꿔 생각을 해 봐 니가 지금 나라면 넌 그럴 수 있니' 김건모의 노래 〈핑계〉 가사처럼 역지사지를 습관화한 엄마 덕에 우리 아이들의 행복지수는 높을 거라 믿어보련다.

취향이 다르면 선택이 달라지고, 생각이 다르면 행동이 달라지고 입장이 다르면 선택과 행동이 달라지니까 말이다.

하지만 말처럼 쉽지 않은 게 '입장 바꿔 생각해보기'인가보다.

한번은 카페 옆자리에서 간호사로 보이는 젊은 친구가 하는 얘기를 들었다.

"아니, 교육 있다고 해서 갔더니 우리보고 친절하기까지 하라는 거야! 바빠 죽겠는데!"

세 명 중 한 명이 유난히 열을 내고 있었고, 다른 친구들은 웃음으로 받아주고 있었다.

매너와 고객 응대 교육을 하는 나로서는 '아, 교육생들은 저런 마음으로 듣는구나.' 하는 생각에, '난 그동안 뭘 하고 다닌 거지, 앞으로는 어떻게 접근해야 할까.'라는 생각이 많아지기 시작했다.

'바빠 죽겠는데'라는 말을 몇 번이나 계속하고 있는 그녀는 과도한 업무에 친절 응대까지 강요받으니 아주 억울했고, 자율성을 보장받고 싶었나 보다.

그런데 기회가 된다면 묻고 싶다. 당신이 병원에 갔을 때 피곤해 보이는 간호사가 묻는 말에 바쁘다는 이유로 눈도 마주치지 않고, 퉁명한 말투로 대한다면 어떤 기분이 들겠냐고. 당신의 부모님이 병원에 갔다가 똑같은 대우를 받았다면 어땠겠냐고. 입장만 바꾸면 참 많은 것이 달라질 수 있는데 그것을 보지 못하는 상황이 안타까울 뿐이다.

생각도 습관적 패턴이 될 수 있다. 자기만의 방식으로 한다는 얘기다. 어떤 사람은 늘 타인을 탓하고, 어떤 사람은 늘 자신 때문이라며 자기 탓을 한다. 그렇게 해야 편한 것은 이미 몸에 배어있는 사람들의 감정 습관이고 생각 습관이다. 감정은 익숙한 것을 선호한다고 한다. 다정함이 익숙한 사람은 다정한 상태가 더 편하고, 퉁명스러움이 익숙한 사람은 퉁명스러운 게 일상이다. 부익부 빈익빈 같은 것이라고 하면 지나친 비유일까.

늘 그래왔던 습관처럼 내 생각이 앞서겠지만, 잠시 내려놓고 상대의 입장이 되어보기. 갈등의 상황에 나만의 굴을 파고 들어가는 게 아닌 볕 좋은 양지로 나오는 방법이다.

사람들이 서로가 서로를 대할 때, 어디에서라도 따스함을 유지할 수 있으면 좋겠다. 눈에 보이지 않는다고 전화기 건너 사람에게 막말을 한다거나, 모르는 사람이라고 해서 안중에도 없는 듯이 하는 행동은 경계를 넘어 대상을 무시하는 것이다. 크리스틴 포래스^{Christine Porath} 교수는 《무례함의 비용》이라는 저서에서 무례함은 대개 악의가 아닌 '무지의 산물'이라고 했다. 또한, 객관적인 자기인식이 결여된 사람들이 가장 지독한 언행을 일삼고, 우리의 초점이 남보다는 자신에게 너무 많이 치우친 탓이 크다고 했다. 그러니 우리는 객관적인 자기의 모습을 돌아볼 일이다. 그리고 무례함 대신 정중함을, 무관심 대신 배려를, 무시가 아니라 존중의 태도를 지녀야 할 것이다. 그것이 함께 사는 사회가 더불어 건강해지는 방법이다.

세상 가장 밝은 곳에서
가장 빛나는 목소리로

혹 떼러 갔다가 혹 붙이고 온다는 말이 있다. 문제를 해결하고 싶어서 갔는데 해결은커녕 더 심각해진 상태를 말한다. 몸의 병을 고치러 갔다가 오히려 마음만 상해서 오는 경우가 해당되는데, 실제로 의사소통이 원활하지 않아서 생기는 의료현장의 갈등은 심심치 않게 벌어진다. 이런 상황에서 피해자는 과연 누구일까?

얼마 전 세상을 떠난 가수 보아의 친오빠가 암 투병 시절에 만난 의사들의 화법이 도마 위에 올랐다. 담당의가 "이 병이 나을 거로 생각하느냐? 이병은 낫는 병이 아니다."라고 말해서 사람들의 공분을 일으킨 것이다. 환자의 마음은 고려하지 않은 화법은 막말이 되고, 일부 공감력이 부족한 의사들의 진료실 내에서의 대화 방식에 문제가 제기됐다.
　　보아 측의 "의사들은 왜 그렇게 싸늘하신지 모르겠다."라는 비판에 대해, 한 의사협회 관계자는 '의료진은 환자에게 정확한 상황을 고지할 의무가 있다.'라는 말로 변론을 하기도 했고, 의사들이 '싸늘하고 냉정한 경고'를 하지 않으면 불충분한 설명으로 법정소송으로 시달리게 되는 경우가 많다는 설명을 덧붙였다.

책임소재가 누구에게 있는지, 빠져나갈 구멍을 마련해 두는 것은 중요할 것이다. 하지만 우리가 말하는 것은 심각성을 알려주는 방식에 있다. 듣는 환자의 입장에서는 '많이 힘들다'와 '불가능하다'는 엄연히 다르고, '힘든 싸움이 될 것이다.'와 '가망이 없다.'라는 말 차이가 크다. 벼랑 끝에 서 있는 사람에게 손을 뻗어 주지는 못할망정, 장풍을 날려 나락으로 떨어트릴 필요는 없단 얘기다. 환자의 마음을 조금만 헤아렸다면 말 한마디에도 신중했어야 한다.

결국, 둘 다 피해자가 되었다. 환자는 환자 편에 서고, 의사 한 사람의 일이 의료진을 모두 싸잡아서 매도하게 되는 구도가 되면서, 작은 공간에서 벌어진 일이 우리 모두의 일이 되어 버렸다.

검사 결과를 전달하느라 대부분의 진료실은 늘 냉기가 흐른다. "요즘 어때요?"라고 한 번만 물어봐 줘도 좋을 테지만, 한 명이라도 환자를 더 봐야 하는 의료 환경이라 그런 건지, 의사의 성격 때문인 건지, 북새통을 이루는 곳이나 그렇지 않은 곳이나 상황은 비슷하다.

의료현장이라고 해서 소통의 방식이 크게 다르다고 생각하면 안된다. '난 선생님이고 넌 학생이야.'라던 드라마의 대사처럼 '난 의사고, 넌 환자야.'라며 또 한 번 선 긋기가 이뤄지고 일방적인 통보가 전부가 되어서는 안 된다. 몸이 아파서 병원을 찾는 환자들은 병의 원인도 알고 싶고, 치료법도 알고 싶어서 가는 것이 맞다. 하지만, 일방적으로 "스트레스예요."라고 말하는 것보다 "많이 힘드셨나 보네요. 스트레스가 있으면 그럴 수 있어요."라며 보이지 않는 환자의 힘든 상황과 마음을 돌봐주는 일도 해야 한다.

적어도 "지금은 어떠세요?"라거나, "혹시 궁금한 것 없으세요?"라고 물어봐 주기만 해도, '아, 의사 선생님이 나를 걱정해 주는구나.'라고 느끼게 할 수 있다.

물론 의료진의 상황에서는 빠르고 정확한 진료로 전문적인 솔루션을 주고 싶은 마음이 있을 것이다. 그러나 진료실에서 봐야 하는 것은 CT나 MRI의 결과만이 아니다. 검사 결과와 혈액 수치에 드러나지 않은 심리적 안정감과 긴장도는 어떤지, 요즘 식사는 잘 하는지, 마음은 어떤지, 불편한 건 없는지, 한 번쯤 물어봐 준다면 환자들은 큰 위로를 받을 것이다.

진료하느라 바빠 죽겠는데 언제 그러고 있느냐 할지도 모르겠다. 하지만 사람을 살리는 의사로서, 몸이 아플 때 마음도 덩달아 아플 수밖에 없는 환자들의 마음을 들여다보는 일도 소홀히 하면 안 될 것이다.

최근 드라마 〈슬기로운 의사생활〉에서 만나는 채송화라는 캐릭터는 우리가 그리는 꿈의 의사 선생님이다. 늘 얼굴에 미소가 있는 얼굴로 환자를 대한다. 악성종양의 상태를 환자에게 전해야 하는 상황에도 감정의 동요 없이 전하지만, 따뜻한 말 한마디를 잊지 않는다.

> 의사: 결과가 나왔는데요…. CT상 혹이 보여서 MRI를 촬영하셨는데 안타깝
> 게도(공감) 악성 가능성이 있어 보여서 조직 검사로 확인해 봐야 해요. 어머
> 님 연세도 많으시고…. 또 종양의 위치가 좋지 않기 때문에 수술은 좀 어려
> 운 거로 보입니다. (팩트)
> 그런데…. 이렇게 되기까지 두통이 심하셨을 텐데 어떻게 참으셨을까? (고
> 통 알아주기)
>
> — tvN 〈슬기로운 의사생활 시즌 1〉 중에서 —

'이렇게 되기까지 고통이 심하셨을 텐데 어떻게 참으셨을까?'라며 고통을 공감해 주고, '재발률도 높고 생존율도 현저히 떨어집니다.'라고 팩트를 전하면서 우는 환자에게 휴지를 건네며 '어머님이 힘을 내서야죠.' 하며 응원도 잊지 않는다.

싸늘하지 않은 위로의 한마디, 드라마라서 가능한 일은 아닐 것이다. 사실 암 선고의 순간, 벼랑 끝에 서 있는 것 같은 환자에게 그 순간 위로는 큰 도움이 되지는 않는다. 잘 안 들린다. 환자들은 온갖 감정과 생각이 소용돌이치고 있어서, 위로가 위로로 안 들린다. 하지만 부정적인 말 한마디는 정확하게 꽂힌다. 그래서 정신적으로 여유를 가진 자가 없는 자를 배려하고 위로해야 한다.

명의를 대신할 똑똑한 의료용 AI가 지하철 안내 멘트 날리듯 "환자

분의 병명은 위암이며, 현재 병기는 4기입니다. 기대수명은 1년입니다."라고 말한다고 생각해 보자. 얼마나 소름 돋는 일인가.

내게도 소름 돋을 만한 한마디의 말로 나를 얼어붙게 한 사람이 있다.

막내가 태어난 지 채 한 달이 안 됐을 때였으니 정확히 2007년이었다. 배냇저고리를 겨우 벗은 아기는 기침을 한번 하면 쉽게 멈추지를 못하다가 얼굴이 파랗게 되는 청색증이 있어서 병원을 갔었는데, 아이 심장에 구멍이 있다며 큰 병원을 가보라는 말을 듣고 부리나케 병원을 바꾸어 응급실을 찾았다. 증상을 말하고 대기하고 있는데, 간호사인지 의사인지 아기가 기침을 하게 되면 그때 알려달라고 했다.

마침 아기는 기침을 했고, 급하게 의료진을 불러서 아기를 보여줬다. 아기는 이내 얼굴이 파랗게 되었다. 그때 가운을 입고 있던 사람이 아기 얼굴을 보더니, 짧은 한마디를 던지고 쌩하니 등을 돌리고 사라져버렸다.

"정말 파랗게 되네요."

어이가 없었다. 아니 신생아가 얼굴이 파랗게 되고, 보호자는 발을 동동 구르고 있는데, 기껏 하는 말이 확인했다는 말투의 한마디가 전부였다. 속으로는 괘씸한 마음이 올라왔지만, 멀어져 가는 흰색 가운을 바라만 볼 뿐 차마 뭐라고 하지도 못했다.

의사나 간호사와 같은 의료진은 늘 보는 환자의 증상이고 그래서 대수롭지 않을지 모른다. 하지만 환자와 보호자의 불안한 마음 상태는 너무나 예민하기 때문에 말 한마디 한마디를 더 조심해야 한다. 그렇지 못할 경우에는 눈에 보이지 않는 불씨를 남기게 된다.

그들이 보지 못한 것은 환자와 보호자의 마음 상태다. 무언가 처방을 내려야 하고, 다음의 순서를 진행해야 했겠지만, 그 상황에 맞는 "아기가 힘들어 보여요."라거나, "엄마 속상하시겠어요." 같은 한마디, 3초면 된다. 하지만 그걸 하지 못해 내겐 냉정한 사람, 몹쓸 사람이 됐다.

실제로 이런 비슷한 상황을 경험한 사람들은 많을 것이다. 아프지 않고 병원 한번 가지 않으면서 살기란 쉽지 않으니까 말이다. 이 글을 읽는 분들의 진료실에서 기억은 어떤지 궁금하다. 제발 그런 얘기로 밤을 꼴딱 새우고 억울함을 토로할 만큼 이야깃거리가 수북하지 않기를 바랄 뿐이다.

우리나라 진료실의 모습은 가끔 아쉽다. 환자가 들어 왔을 때, 의사는 환자에게 어디가 어떻게 불편한지, 많이 힘드셨겠다며 공감해주고 반응을 보여야 하는데, 컴퓨터 화면만 바라보면서 "언제 다치셨어요? 엑스레이 찍어볼게요. 뼈는 안 다쳤으니 약 드시고 물리치료 하시고요. 불편하면 다시 오세요."라는 식이면, 골절 아닌 것에 감지덕지하며 어딘가 찜찜한 마음을 안고 집으로 돌아오게 된다. 마치 물건이 된 것 같은 느낌이라고 하면 과장된 표현일까. 자동차 검사장에 대기하다가 번호를 부르면 바퀴 달린 자동차 마냥 스윽 진입했다가 결과만 듣고 스윽 빠져나가는 느낌이다. 문제가 있으면 어디 어디 손을 보라고 말해주고, 별다른 문제가 없으면 통과다. 자동차 검사는 빠르고 정확하면 좋던데, 나는 자동차가 아니니까. 뼈 사진을 내어드리고 골절 여부만 스캔 당하는 것 외에도 불편함과 고통을 읽어주는 마음이 필요한 거다.

몸이 아프면 마음도 아프게 마련이다. 그래서 환자들의 마음은 바람 앞에 촛불 같다. 시한부 판정을 받고도 스스로에게 기름을 부어가며 치료의 의지를 활활 불태우는 환자들도 간혹 있지만, 환자라는 사실만으로 덩달아 마음이 약해지고 아픈 것이 십중팔구이다. 흔들리는 촛불을 지키는 방법은 불어오는 바람을 막아주는 것이 우선이 되어야 한다. 의료진은 아픈 환자를 대할 때 그날이 그날 같은 그저 그런 환자가 아닌, 저마다의 아픔을 가진 인격체로 봐줘야 하고, 환자 역시 의료진들을 대하는 마음이 고마움이어야 할 것이다. 서로를 존중하는 마음으로 환자와 의료인이 서로를 대할 때, 슬기로운 병원 생활이 가능해질 거란 기대를 해본다.

거짓말도 보여요

●
·

　다섯 가지 감각을 일컫는 오감에 하나를 더하면 육감이 된다. 흔히 '여자의 육감'이라는 말을 하는데, 이런 육감 때문인지 여자들이 감정적 상황 파악도 잘 하고, 공감도 남자들보다 더 잘하는 게 사실이다. 이런 남녀의 차이는 두뇌가 다르기 때문이라는데, 여자의 두뇌에는 타인의 행동을 평가하는 영역이 14~16개 정도인 데 반해 남자는 4~6개 정도에 불과하다고 한다. 의식하지 않으려고 해도 여자인 내 눈에 자꾸만 보이고 신경 쓰였던 것들, 하지만 말하지 않으면 당최 알지 못하는 많은 남자들의 무신경함은 이유가 있었던 것이다.
　똑같은 상황에서도 여자에겐 보이고 남자에게는 보이지 않는 그것, 알게 모르게 전해지는 또 다른 언어, 바로 몸의 언어인 보디랭귀지를 읽는 것은 만으로 의사소통이 원활해질 것이다.

　　　　　　　　　　　　　　　　씩씩한 항암녀의 속·엣·말

막내 딸아이가 초등학생 때였다. 싸웠던 친구와 서로 사과를 했다며 이야기를 시작했다.

"근데요, 엄마. 그 친구는 진심이 아니었던 것 같아요."

"그래? 왜 그렇게 느꼈어?"

"선생님이 시키니까 미안하다고 말은 하는데, 팔짱을 끼고 몸을 의자 등받이에 이렇게 기대고 눈도 제대로 안 마주치고 하는 거예요. 말투도 미안한 게 하나도 안 느껴졌어요."

초등학교 애도 안다. 상대가 어떤 자세를 취했을 때 진심인지 아닌지 말이다. 이렇게 몸이 하는 비언어는 말로 하는 언어보다 더 강력하게 속마음을 전달할 때가 많다. 감추려 해도 잘 안 되는 경우가 많다.

비언어적 표현인 바디랭귀지에 관심을 가지면서 열심히 공부할 때였는데, 아이의 경험담에 마치 임상시험 결과라도 받아든 듯이 흥미로웠다. 가르치고 배운 적이 없는데도 오감과 육감으로 느끼고 있지 않은가?

내 앞에 앉은 사람이 의자 뒤로 몸을 기대거나, 시선이 다른 곳을 자꾸 바라본다거나, 무표정한 모습으로 내 얘기를 듣고 있다고 생각해보자. 시큰둥한 반응에 하려던 말도 제대로 떠오르지 않고 빨리 그 자리를 떠나고 싶을 것이다. 내 이야기에 집중하지 못하고 있다는 걸 알아차리는 건 그다지 힘든 일이 아니니까 몸이 보내는 몇 가지의 단서를 보자.

말하다가 눈빛을 피했다면 진심이 아닐 수 있다. 실제로 거짓말을 할 때는 눈동자가 오른쪽으로 움직이고, 과거에 있었던 일을 회상할 때는 왼쪽으로 움직인다고 행동 분석가들을 말한다.

호감의 유무를 알 수도 있다. 몸을 열고 있느냐 아니냐, 배꼽의 방향과 발끝의 방향이 상대를 향해 있느냐 아니냐를 관찰하면 관심이 있고 없고를 알아낼 수 있다. 결론은 시선을 잘 맞추며 팔을 걸어 잠그지 않고, 열린 자세를 한 사람. 나를 향해 경계의 몸짓을 하고 있지 않은 사람이 호감을 느끼고 있다고 말하는 것과 같다고 보면 된다.

반면 상대가 이야기 도중 시계를 본다면, 다음 일정이 있거나, 자리를 끝내고 싶다는 표현일 거다. 이제 갈 시간이 되어간다는 의미로 주섬주섬 가방을 챙기는 것도 떠날 준비를 하는 건데, 상대가 말없이 몸으로 보내는 신호를 읽지 못해서 자꾸 말을 하고 있으면 그게 이상한 거다.

그러니 상대에게 호감 있는 사람으로 보이고 싶으면 몸을 상대 쪽으로 기울이고, 시선을 잘 맞추는 것이 좋다. 얼굴에 은은한 미소는 말할 것도 없다. 하지만 정말 좋으면 굳이 애쓰지 않아도 몸이 먼저 반응하게 되어 있다. 몸의 행동은 무의식에서 나오는 경우가 대부분이기 때문이다.

말보다 빠르고 말보다 더 많은 것을 얘기하고 있는 몸의 언어. 앨런 피즈와 바바라 피즈Allan Pease & Barbara Pease 부부의 《당신은 이미 읽혔다》라는 책의 제목처럼 우리는 수시로 누군가에게 읽히고 있다. 비언어 커뮤니케이션을 통한 사람들의 감정을 읽는 기술에 관해 연구한 저자들은 몸의 신호가 시각적 정보로 전달되는 다양한 몸짓언어를 책에 담았다. 신경 쓰지 않던 사이 오가는 보디랭귀지가 사람들이 주고받는 무언의 언어인 것이다. 그러니 말만 잘하려고 할 것이 아니라 눈빛, 표정, 제스처, 자세까지 신경을 써야 한다. 그리고 상대가 보내는 몸의 신호 역시 잘 감지해야 제대로 된 의사소통을 할 수 있을 것이다.

하지만 섣부른 판단은 위험하다는 게 비언어의 유의사항이다. 몇 년 전 전문서적을 읽어가며 쌓은 지식으로, 나 정도면 제법 사람을 잘 읽는다고 자부할 때 즈음 스스로 발등을 찍는 일이 생겼다.

강의 중에 있었던 일이다.

교육생 중 한 분이 수업 중 표정이 안 좋아서 '내 강의가 맘에 안 드나?' 하는 생각이 들면서 신경이 쓰이는데, 쉬는 시간이 끝나고 다음 시간엔 아예 자리를 비우고 한 시간 내내 안 들어오시는 게 아닌가. 걱정은 눈덩이처럼 커지기 시작했다. '뭐지? 내 강의가 그렇게 별로인가?' 강의 중에 살폈던 그녀의 표정, 미간을 찌푸리고 있던 게 계속 떠올랐다.

그러고도 두 시간을 비우고 마지막 시간에야 참석하셨는데, 강의가 모두 끝나고 다가오시더니 사정을 말씀하셨다.

"강사님 죄송해요. 제가 머리가 너무 아파서 도저히 자리에 앉아 있을 수가 없어서 나가 있었어요."

"어머 그러셨군요. 잘 하셨어요. 안 그래도 걱정이 되었는데 지금은 좀 괜찮으세요?"

"네 약을 먹었더니 조금 나아졌어요. 수업 참여 못 해서 죄송해요."

수업에 못 들어온 것이 마음 쓰이셨나 보다. 내 강의에 문제가 있었나 싶어서 괜한 걱정을 하고 있던 나는 그제야 안도의 한숨을 쉴 수 있었다.

이처럼 몸의 언어를 읽을 때, 하나만 보고 판단하는 것은 주의해야 한다. 미처 알지 못한 상황 이면의 다른 이유가 있을 수 있기 때문에 보이는 것만 보고 섣부르게 판단하는 것은 불필요한 오해를 부를 수도 있고, 자칫 위험할 수도 있기에 신중해야 한다.

예를 들어 팔짱을 낀다고 모두가 방어적인 자세라고 볼 수는 없다. 습관일 수도, 추워서일 수도 있기 때문이다. 미간을 찌푸리고 있었던 것이 상대가 마음에 들지 않아서가 아니라 두통일 수도, 원래 미간에 주름이 깊은 사람일 수도 있다. 이렇듯 하나의 보이는 행동만으로 모든 것을 확증 편향적으로 판단해서는 안 된다는 게 비언어 메시지를 해석할 때의 유의점이다.

미국의 문화 인류학자 레이 버드휘스텔Ray Birdwhistell은《동작학》이라는 분야를 연구하면서 대화 시에 음성 언어적 수단은 35% 미만이고, 65% 이상은 동작 언어 수단으로 이루어진다는 사실을 발견했다. 이는

씩씩한 항암녀의 속•엣•말

비언어의 중요성에 관한 연구로 유명한 앨버트 메라비언^{Albert Mehrabian} 교수의 메라비언 법칙과도 유사한 연구 결과로 음성언어가 아닌 시각 언어가 의사소통에 얼마나 영향이 있는지를 보여주는 것이라 할 수 있다.

그렇다면 어떻게 해야 상대에게 무례하지 않아 보이면서도 대화에 적극적이며 흥미 있다는 태도를 전달할 수 있을까?

나는 의외로 단순한 방법을 권하려고 한다. 바로 SOFTEN 법칙이다. 이것은 하버드 대학에서 상대방이 대화에 열정을 느끼도록 하는 커뮤니케이션 방법이라고 하는데 SOFTEN을 풀면 의외로 간단하다.

Smile_미소 유지, Open_개방적인 자세, Forward Lean_몸을 앞으로 기울이는 것, Touch_접촉, Eye_시선 교류, Nod_고개 끄덕이기

어려운 것이 하나도 없다. 대화가 오갈 때 우호적인 모습을 보여주는 가장 기본적이면서도 중요한 보디랭귀지라고 정리할 수 있을 것이다.

우리가 신경을 쓸 것은 말뿐만 아니라 그 사람이 하는 손짓, 표정, 자세이다. 관심을 갖고 한 번만 더 주의 깊게 보자. 말보다 표정이 먼저 하는 말, 말이 없어도 몸이 먼저 하는 말이 있다. 무심하면 지나치게 되고, 관심을 갖고 살펴야 보이는 몸의 언어. 몰라서 안 보였던 건지, 무심히 지나쳤던 건지 생각해 볼 일이다.

사람에게 집중하자. 상대가 말없이 보내는 몸의 신호를 놓치지

말자.

남자들의 친밀한 응시는 대부분 여자가 쉽게 알아채지만, 남자는 여자의 친밀한 응시를 눈치채지 못하는 경우가 많다고 한다.

몸짓과 감정은 연결되어 있다. 대화를 나누면서 손바닥을 내보이면 상대는 진실을 말해야 한다는 압박을 받게 되어 솔직해진다고 한다.

사람들 앞에서 말을 하거나 쌍방향의 대화를 할 때, 어떻게 말해야 진심이 전해지고 호감을 보일 수 있을까에 대한 고민은 필수가 되었다. 알고 있어야 할 비언어의 표현 보디랭귀지는 알고 있으면 득이 되고, 대화의 오류를 줄일 수 있고 쉽게 호감을 살 수 있을 것이다.

알고 싶어요

●

·

　방송을 시작한 지 얼마 안 되었을 때였다. 그때만 해도 방송 전에 라디오 오프닝을 매번 윗선에 검사를 받아야 했다. 조금 있어 보이게 말해서 심의를 받는 것이다.

　하루는 사전 심의를 받는 중에 원고를 보시던 국장님이 말씀하셨다.

　"오프닝이 다 질문으로 시작을 하네?"

　"아, 그런가요?"

　의식하지 못하고 대화하듯 써 나갔는데, 그러고 보니 내가 쓴 오프닝에는 대부분 질문이 있었다. 그랬다. 난 청취자들이 듣고 있다는 생각에 메아리라도 들려올 것처럼 혼잣말이 아닌 질문을 하고 있었다.

　나의 질문은 청취자의 마음을 붙드는 데 제법 효과적이었다. 오프닝이 끝나고 첫 곡이 나가는 사이 청취자들은 하나둘 말을 걸어오기 시작했고, 그날의 첫 대화는 하루 두 시간을 끌어가는 미중물이 되었다. 정확히 말하면 질문이 마중물이 된 것이다.

나는 청취자의 마음이 궁금했다. 그래서 물었을 뿐이다. 오프닝의 소재를 키워드로 잡고, 현재는 이러이러한데 '여러분은 어떠세요?'라고 묻게 되었다. 방송을 혼자 한다고 생각했으면 묻는 행위를 하지 않았을 것이다. 하지만 청취자들이 듣고 있는 것을 알고, 대답해 줄 것을 알기 때문에 질문할 수 있었다. 질문은 노크다. 열어줄까 말까는 상대가 문 너머의 사람이 결정할 일이지만 똑똑 정중하게 마음에 대고 노크를 하는 일은 문을 열어달라는 표현이다.

〈선다방〉이라는 TV 프로그램이 있었다. 젊은 남녀가 카페에서 첫 만남을 갖는 예능프로그램이었는데, 카메라가 설치된 상태에서 데이트 모습이 그대로 전달되는 리얼 예능이라고 하면 맞을 것이다. 이 프로그램에서 만나 실제 결혼한 커플도 있다는데, 남의 데이트를 훔쳐보는 것 같아 묘한 설렘을 느낄 수가 있어서 영상을 찾아서 보곤 했다. 게다가 방송을 보고 있으면 남녀 간의 묘한 기류와 함께, 대화하는 방법과 비언어적인 표현까지 찾아내는 재미가 있었다. 커뮤니케이션 전문가로서 공부가 되는 실제 상황들이 있어서 더 집중하고 보았는데, 분위기가 무르익고 잘 통하는 커플과 그렇지 않은 커플들의 모습은 일정한 패턴이 있었다. 바로 질문이다.

씩씩한 항암녀의 속•엣•말

대화를 잘하는 커플들은 서로에게 질문을 잘 이어간다. 가벼운 질문부터 시작해서 조금씩 질문의 영역을 넓혀가며 서로의 공감대를 찾아갔다. 반대로 대화가 되는 듯하다가 서먹서먹해지고, 어색함을 도돌이표처럼 반복하는 커플들도 있었는데, 문제는 공감 소재를 찾지 못해서 대화가 멈추는 것이었다. 둘 사이의 적절한 대화 소재를 찾지 못하면 대화는 갈 곳을 잃는다. 덩달아 출연자들의 시선도 갈 곳을 잃고 애먼 음료수 잔만 만지작거리거나, 음료수를 마시는 것으로 어색한 순간을 모면한다. 하지만 어색하기 짝이 없는 침묵의 시간이 흐른 만큼 두 사람의 마음의 거리도 멀어졌으리라.

그들은 무엇을 해야 했던 걸까? 정답은 상대가 관심 있어 할만한 대화 소재를 찾아 질문하는 것이다. 대화를 한쪽에서 일방적으로 끌고 가면 상대방의 호감은 물 건너갈 수밖에 없다. 그렇다면 호감을 얻기 위한 질문의 정석을 알아보자.

첫 번째, 질문의 방향이다.
질문은 도로 위의 이정표 같은 것이다. 방향을 결정한다. 그러니 어느 방향으로 갈지를 명확히 해야 한다. 그리고 그 방향은 상대가 가고 싶은 방향이어야 한다는 것이 포인트다. 문제는 자꾸 내가 가고 싶은 방향으로 안내를 한다는 것이다. 왜? 내가 잘 아니까. 내가 잘 아는 방향으로 가면 나는 편하다. 왜? 내 구역이니까. 그런데 상대는 그 구역에 관심이 없을 수도 있다는 걸 간과하면 안 된다. 모범답안은 상대방이 관심 있는 것을 먼저 묻고, 모두가 함께 공유할 수 있는 소재면 금상첨화다. 상대방이 흥미를 느끼는 소재를 선택하자.

두 번째, 질문의 형태이다.

상대의 호감을 사려면 내가 아닌 내 앞에 있는 사람이 더 말을 많이 하게 해야 한다. 그러려면 물어야 하고, 상대가 대답할 때 자신 있게, 신나게, 더 오래 말할 수 있는 질문을 해야 한다.

그러려면 단답형으로 대답할 만한 질문은 피하는 것이 좋다. 이른바 '닫힌 질문'이다. '닫힌 질문'이란 '예, 아니요'로 대답할 수 있는 질문이다. 말하기를 좋아하는 사람은 '예, 아니요' 뒤에 부연설명을 길게 하지만, 그렇지 않은 사람들은 짧은 대답으로 끝날 수 있으므로 깊은 대화로 이어가기가 힘들다. 대신 '어떻게 생각하세요? 그건 어떤 거예요?'와 같이 '열린 질문'이 좋다. 조금 더 깊은 사고를 하게 하는 열린 질문은 질문에 대한 대답을 하면서 자신에 대한 노출도 가능하게 한다.

세 번째, 질문의 수위이다.

질문을 어느 수준에서 해야 할지, 어디까지가 괜찮은지에 대한 것이다. 질문은 호기심인데, 호기심에도 수위가 있어야 한다. 상황에 맞는 쉬운 질문부터 하라. 일반적이고 일상적인 소재가 좋다.

첫 만남에서 정보교환은 필수이고, 나에 대한 정보를 먼저 제공하면 상대도 그만큼의 정보를 제공할 것이다. 그 정보를 바탕으로 조금

씩씩한 항암녀의 속•엣•말

씩 개인적인 질문이 확장되어 가면 좋다. 그러나 상대의 연봉이나 자차 유무 경제 능력을 탐색하는 듯한 질문은 피해야 한다. 가벼운 질문으로, 시작해 조금씩 대화의 소재를 찾으며 서로가 공감할만한 공통 이슈를 다루면 대화는 수월하게 물꼬를 트게 되어 있다. 핵심은 상대를 알고 싶어 하는 순수한 호기심은 괜찮지만, 본인의 이익 추구를 위한 탐색 질문은 곤란하다.

자기계발 작가, 데일 카네기^{Dale Carnegie}가 말했다. '남의 관심을 끌려면 남에게 관심을 가져라.'라고. 상대에 대한 순수한 호기심과 관심에서 나오는 질문은 관계의 계단을 차곡차곡 잘 다지는 교두보가 될 것이다.

내가 좋아하는 것이 아니라, 타인이 좋아하는 것을 묻는 사람이 대화에 성공한다. 내가 말하기 위해서가 아니라 상대가 말하게 해주는 사람이 호감을 살 수 있다. 상대에게 관심 있다는 가장 적극적인 표현을 하고 싶으면 질문을 하자.

해보지도 않고 주저하기보다는 도전할 것.
도전했다면 할 수 있는 만큼 나를 쏟아부을 것.

성장

힘을 내요. 미스터 김!

●
.

　우리 집 2호, 아들 녀석이 폭풍 성장을 하고 있다. 1년 전만 해도 나보다 키가 작았는데 지금은 내 키를 훌쩍 넘었으니 말 그대로 '폭풍 성장'이다. 키가 크는 게 눈에 보인다는 말이 맞을 것 같다. 한 달에 1cm씩 크고 있는 2호는 '찌찌 만들기' 클럽에 가입했다고 한다. 찌찌 만들기 클럽이란 한마디로 가슴근육 만들기가 목표인 아이들이 모이는 곳이다. 예전에는 없던 클럽이 생긴 걸 보면 요즘 아이들의 관심사가 많이 달라진 게 확실하다.

　남자로 태어나긴 했지만, 시기적으로 진짜 남자가 되어가는 과정을 겪고 있는 아이들에게 울퉁불퉁 탄탄한 근육질의 몸매는 사내아이들이 꿈꾸는 또 다른 남자의 모습쯤 되는 걸까. 아무튼, 주기적으로 모여서 운동을 한다고 한다. 이두박근 삼두박근 뭐 그런 근육을 키우는 헬스 동작을 하는 것 같은데, 가끔 훈련의 결과를 확인이라도 받고 싶은 듯 소매를 걷어붙이고 내게 물어본다.

"엄마! 이거 봐요. 근육 보이죠? 커진 거 보이죠?"
"어머! 진짜, 단단해! 어머 어머 벗어봐! 제대로 좀 보자!"

멋있다며 호들갑을 떠는 모자를 지켜보던 큰딸 1호가 거든다.
"엄마! 하지 마요. 엄마가 자꾸 거드니까 얘가 더 하잖아요!"
"어머 애! 진짜 근육이 커졌다니까. 만져 봐. 단단해! 연습을 얼마나 열심히 했겠니?"
웃통을 벗고 온 아들 녀석의 찌찌를 손가락으로 눌러보고 리액션이 뭔지를 제대로 보여주는 엄마는 그 순간 커뮤니케이션 전문가의 진수를 보여준다. 반응을 보일 때는 언어 반응과 행동 반응을 함께 보여야 하고, 부정적 리액션이 아닌 긍정적 리액션을 보여야 함을 알고 있기 때문이다. 말로만 멋있다고 하는 것이 아니라, 열심히 눈으로 봐주는 것. 손으로 만져주는 행동과 별 것 아니라는 부정의 표현이 아닌 엄지척 해주는 긍정이 빛나는 순간이다.
부연설명을 하자면 굳이 애쓴 것은 아니다. 나는 본능적으로 솟구치는 반응을 표현했을 뿐이다.

우리 집의 이런 '쇼쇼쇼'는 예고 없이 펼쳐졌고, 그때마다 나는 최고의 방청객이 된다. 돈도 안 주는데 말이다.
하루는 엎드려서 푸시업 동작을 하던 아이가 말했다.

"엄마! 엄마, 이게 내려가는 건 되거든요? 그리고 내려가서 버티는 것도 돼요. 근데 올리는 게 정말 안돼요."

"그거 왜 그런 줄 알아? 내려가서 버틸 때 쓰는 근육하고 올라갈 때 쓰는 근육이 달라서 그런 거야. 버티는 근육은 발달해 있지만 올리려면 다른 근육의 힘이 더 필요한데, 아직 그 힘이 부족한 거지. 그런데 버티는 힘도 엄청난 거니까 자꾸 연습하다 보면 올리는 동작도 할 수 있을 거야."

헬스 트레이너도 아닌데 전문가인 척 줄줄 말은 잘 한다. 아이는 그 말을 알아들었을까?

말을 해놓고 내 안에 조금 전 했던 말이 메아리친다. 나는 어떤 근육이 발달했고 어떤 근육의 힘이 부족한 걸까.

'버티기, 내가 그거 좀 잘하지.'

힘든 순간에도 쉽게 포기하지 않고 조금만 버티다 보면 해결되는 일들이 있다. 잘 버티기만 해도 이기는 거다. 팔씨름할 때도 그렇지 않은가? 힘이 솟아서 상대방을 제압하면 금세 게임이 끝나버리지만, 힘이 비슷할 때는 잘 버티는 사람이 살아남게 되어 있다. 버티는 게 이기는 거다.

아기들이 걸음마를 할 때도 그렇다. 첫날부터 휙휙 선비 걸음을 걷는 아이는 없다. 어찌어찌 겨우 혼자 힘으로 서서, 휘청휘청 흔들리는 몸을 버티며 단 몇 초라도 조금씩 힘을 키워가다가 결국 한 걸음이 두

걸음이 되고 열 걸음이 되지 않던가.

나 역시 수없이 버텨왔다. 항암을 할 때도 그랬고, 엄청난 스케줄을 소화할 때도 그랬다. 힘들다고 중간에 포기하고 그만두면 결승점에 도달할 수가 없다. 승패는 순위에 있지 않고, 결승점에 도착했느냐 아니냐에 있다. 기어들어 갔어도 목표한 지점까지 갔다면 실패가 아니다. 꼴찌에게 박수를 보내는 이유이다. 일등이 아니어도 의미는 있다.

그러니 버틸 일이다. 팔다리가 바들바들 떨리는 걸 느끼면서도 버티다 보면 참고 버텨낸 만큼 근력이 붙고 차츰차츰 단단해지고 내공이 생길 것이다.

버티는 것만으로 힘이 생길까 싶지만, 정답은 'Yes'이다. 턱걸이와 플랭크를 30초 하다가 40초가 되고 1분이 되는 것은 버티다가 생겨버린 근육의 힘 때문이다.

근육은 쓰는 만큼 강해진다. 몸의 근육도 그렇고 마음의 근육도 그렇다. 한번 호되게 고비를 겪고 나면 단단한 근육이 생겨 웬만한 자극에도 유연하게 대처할 수 있다.

단거리 선수와 장거리 선수의 차이는 근육과 심폐기능에 차이가 있을 것이다. 단거리 선수가 폭발하는 듯한 에너지가 필요하다면 장거리 선수는 지구력이 관건 아니겠는가. 먼저 치고 나가지 못해도 나와의 싸움으로 끝까지 버티는 것, 나를 지켜봐 주는 것, 토닥이며 살아가는 인생길에 끝까지 내 손을 잡아주고 함께 할 사람은 바로 나라는 존재일 테니까.

'수고했어 오늘도'라고 귓가에 매일같이 속삭여줄 수 있는 사람,
　기상 시간에 관계없이 함께 눈뜨며 '오늘도 좋은 하루'라고 말해줄 사람은 그 누구도 아닌 내가 될 테니까 말이다.

걸음이 느린 아이

아이들을 키우다 보면 백일 전후로 뒤집고, 6개월 즈음이 되면 홀로 앉고, 돌 전후가 되면서 잘 걷는 아이들을 보게 된다. 때맞춰 뒤집고 걷는 아이들을 보면 기특하기도 하지만 행여 조금 늦되는 아이들을 보면 양육자는 조바심이 나기도 하는데, 이런 걱정은 엄마의 시선이지 아이는 큰 문제가 없는 경우가 대부분이다.

나는 느린 아이였다. 어린 시절 만화책을 읽어도 친구들이 한 권을 읽을 사이에 나는 반 권밖에 읽지 못했고, 친구들이 한 시간 만에 해내는 숙제를 나는 한 시간 반, 두 시간이 걸리고는 했다. 사실 이건 게으름과는 상관이 없고 느린 것일 뿐인데, 시작은 같이했어도 마침표를 늦게 찍으니 내 삶의 속도는 느릴 수밖에 없었다. 그러면 남들보다 일찍 시작하면 될 텐데 그렇지는 않으니 나는 그냥 조금 느린 시간을 살기로 했다.

어릴 적 엄마가 하시던 말씀도 꼬리표가 되었다.

"손가락이 길면 게으르다는데, 우리 애들은 다 손가락이 길어서…."

새벽 4시 30분이면 일어나 하루를 시작하시는 부모님은 일요일에 늘어지게 자는 아이들을 내버려 두지 않으셨고, 일요일에 늦잠을 자기라도 하면 아버지는 그렇게 게을러서 어떻게 살 거냐며 호통을 쳐서 우리 형제를 깨우셨다. 그러니 나는 내가 게으른 사람이라고 생각을 하며 자랐고 실제로 그렇다고 생각한다.

그럼에도 할 일을 정해놓고 기한을 넘기지 않으려는 게 나와의 약속이긴 하다. 게으르지만 책임감이 중요하다고 생각하기 때문에 결국 해내고, 약속을 지키는 게 중요하기 때문에 마무리 짓기를 미루지 않으려고 애쓴다. 그리고 이런 것들이 차곡차곡 쌓여서 지금의 내가 되었다.

내가 게으르다고 하면 펄쩍 뛰는 친구도 있다. 부지런히 무언가 배우러 다니는 나를 보며 게으른 건 말이 안 된다는 얘기다. 나를 보면 활어회가 생각난다는 친구가 있었는데, 무슨 말이냐는 나의 질문에 팔딱팔딱 뛰는 생동감이 느껴진다는 표현이었다. 에너지가 많아서 그리 보이나 보다.

내가 하나라도 배우기 위해 여기저기 다니는 것은 스스로 부족함을 알기 때문에 찾아 나서는 것이지 부지런해서가 아니다. 돌아가신 대우그룹의 김우중 전 회장이 '세상은 넓고 할 일은 많다.'라고 한 것처럼, 요즘 세상이야말로 세상은 넓고 배울 일도 많으며, 알아야 할 것도, 해야 할 일도 너무 많다.

　이십 대에 펼쳐야 할 꿈은 서른이 넘어 날개를 펼 수 있었고, 마이크 앞에서 방송만 했던 나는 강사라는 이름을 달게 되면서 공부해야 할 것이 많다는 걸 알게 되었다. 한마디로 강의의 세계는 완전히 다른 세상이었다. 라디오라는 매체는 살아가는 이야기로 공감하며 보이지 않는 청취자와 대화를 주고받으면 되는 일이지만, 강의라는 건 지식을 전달하고 청중을 움직이게 해야 하는 일이기 때문에 늘 공부해야 했고, 늘 깨어있어야 했다. 무지의 무지라는 말처럼 내가 모르는 것을 모르고 있는 것이지, 알려고 하고 배우려고 하니 한도 끝도 없었다. 마음이 초조해졌다. 불안한 마음에 종종걸음을 치며 배우러 다니는 일을 게을리하지 않았다. 그때 나는 알았다. 내가 우물 안 개구리였음을. 완벽하게 방음이 되는 스튜디오에 앉아 좋은 말만 골라서 하던 나는 참 뱃속 편한 삶을 살고 있었던 것이다.
　나는 우물 안 개구리가 아닌 달팽이가 되기를 선택했다. 느리지만 자기의 속도로 가는 달팽이 말이다. '달팽이가 느려도 느리지 않다.'라는 정목스님의 말처럼 느린 속도지만 매일을 살아간다면 밤낮으로 같은 하늘만 바라보는 우물 안의 개구리보다 나을 것이다. 보통의 달팽이는 시속 6m의 속도로 기어간다고 하는데, 이런 속도라면 서울에서 춘천까지는 2년, 서울에서 부산까지는 8년 걸린다는 계산이 나온다. 시간이 걸리는 일이지만 목표만 있다면 우물 안보다 몇 배 나은 선택이지 않은가?

몇 년 전 강의를 할 때였다. 한 교육생이 자유주제로 3분 스피치를 하는데, 자신이 달팽이를 닮았다는 말을 한 적이 있다. 꼭 내 얘기를 하는 것 같아서 귀에 쏙쏙 꽂히는 스피치에 마음을 뺏기고 있었는데, 마지막에 이런 말로 마무리를 했다.

"달팽이가 느리긴 하지만, 우리가 배울 것은 뒤로 가는 법이 없다는 겁니다. 저 역시 느리지만 후진이 아닌 전진, 앞으로 조금씩 나아가는 삶을 살 것입니다."

감동이었다.

달변이 아닌 어눌한 말로도 감동이 되는 경우가 있는데 그건, 바로 진정성이 느껴질 때다. 이분의 말 한마디가 그러했다. 크게 잘하는 것이 없고, 잘난 것이 없고, 남들보다 느리지만 자신의 속도로 가겠다는 그 한마디. 나뿐만 아니라 함께 듣고 있는 사람의 마음을 사로잡은 그야말로 명품 스피치였다. 내 가슴속에 아직도 이렇게 오래 남아 있으니 말이다.

내가 좋아하는 단어 중 하나는 성장이다. 내 몸을 구성하는 세포는 매일같이 노화가 될 테지만, 삶의 지혜는 차곡차곡 쌓여 더 지혜로워야 하고 오늘이 어제보다, 내일이 오늘보다 나아야 할 것이기 때문이다. 그러려면 느린 몸이지만 굴려야 하고 명석하지 않은 머리지만 생각해야 한다. 그것만이 내 삶을 조금씩 낫게 하고 풍요롭게 할 것을 알기 때문이다.

여전히 엄마에게 "쟤는 게을러!" 소리를 듣지만, 남들 먹는 속도로 나이 먹고 있고, 애들도 잘 키우고 있고, 일히고 사회 생활하는데 큰 지장이 없다. 엄마에겐 문제 있어 보일지 모르지만, 내 영역에서 크게 문제 될 것이 없다.

어쩌면 내 삶의 속도는 태어날 때부터 조금 느린 아이였는지 모른다. 그래도 느린 육신을 끌고 지금까지 살아왔으니 모자람 없이 충분하다고 말해주고 싶다.

삶은 속도가 아니라 방향이라고 하지 않던가. 느리지만 앞을 향해 나아가는 삶, '나는 달팽이입니다!'라고 본인을 소개하던 중년 남자분의 말처럼, 빠르지 않지만 뒷걸음질 치지 않는 삶, 나는 나만의 속도로 조금 느린 시간을 살기로 했다.

넌 할 수 있어

●
.

　자유자재로 다룰 수 있는 악기가 있다면 얼마나 좋을까? 현악기가 되었든 타악기가 되었든 원하는 대로 소리를 낼 수 있을 정도의 실력이 된다는 것은 생각만 해도 참 부러운 일이다. 어릴 적 피아노를 배웠지만 잠깐이었고, 악보를 따라 더듬더듬 건반을 찾아가는 정도의 실력이다 보니 늘 아쉬움이 있었다. 개인 레슨을 받아 보기도 했지만 어느 정도의 실력을 갖추려면 연습이 필수인데, 늘 연습 없이 레슨만 하다 보니 영 실력이 늘지 않았다. 어른이 되고 난 후에 배워서 습득력이 아이들 같지 않은가 싶기도 했지만, 아무리 생각해 봐도 절대적인 연습량의 부족이다 싶었다.

　그래서 목표를 바꾸었다. 한두 곡이라도 악보를 보지 않고 외워서 칠 수 있으면 좋겠다는 마음에서였다. 그래서 마음에 드는 곡을 몇 곡 골라서 죽어라 연습해 봤는데, 이 악보라는 것이 생각처럼 외워지지 않는 것이었다. '아, 머리가 나쁜가?' 자책도 여러 번. '악보 없이 곡을 연주하는 사람들은 뭐지, 천재인가?' 하는 생각을 하며 일단 치고 또 쳤다. 연습하다가 눈을 감고도 쳐보고 책을 덮고도 쳐보았지만, 몇 마디 가다가 틀리기가 일쑤여서 실망이 이만저만이 아니었다.

나만의 룰을 정해서 매일 10분이라도 꾸준히 연습하기로 했다. 그러다 20분 30분 조금씩 시간을 늘려갔다. 그렇게 반복하기를 얼마나 지났을까? 신기하게도 손가락이 알아서 움직이는 것이 아닌가! 마침 작곡을 하는 친구가 있어서 물어봤다.

"내가 요즘 피아노를 연습 중인데 왜 그렇게 안 외워지니? 그런데 자꾸만 쳤더니 어느 순간 악보를 안 봤는데도 손이 움직이는 거 있지?"

"그걸 머슬 메모리라고 해."

"머슬 메모리?"

"응, 머리로 기억하는 게 아니고 근육이 기억하는 거지."

그런 거였다. 절대적인 연습량이 있으면 몸이 먼저 기억하는 거였다.

머리로 기억하는 것은 시간이 지나면 잊히기 십상이지만, 자전거 타기처럼 몸으로 기억한 것은 시간이 지나도 몸이 기억하는 걸 생각하면 쉬울 것이다. 어릴 때 자전거 타기를 배웠던 사람들은 십수 년 동안 안 타다가 다시 타게 됐을 때, 몸이 반사적으로 적응한다는 얘기를 들은 적이 있는데 그런 원리가 아닐까 한다.

노력이라는 이름으로 포장이 되곤 하지만 결국 반복이 유일한 열쇠인 건가.

한번은 어떤 모임에 나갔다가 '손유희'를 배웠는데, 쉬워 보이는 동작이었지만 하려고 하니 영 어색하고 잘되지 않는 것이다. 주먹을 쥐었다가 펴고, 손을 모았다가 펴고 하는 동작이 쉬워 보였지만 막상 하려니 잘되지 않았다. 딸아이가 보여주며 따라 해 보라고 했던 것과 비슷한 동작이었는데, 그때에도 두어 번 하다가 너무 어렵다며 포기한 동작이었다. 나이가 들면 손과 눈의 협응력이 떨어져서 몸이 마음 같지 않다고 하던데, 내가 딱 그 꼴인가 보다 싶어서 또 쉽게 포기하고 싶었지만, 너무 멋있게 동작을 소화하는 선생님 덕분에 이번에는 포기하지 않고 배우고 싶은 마음이 들었다. 그리고 그 선생님은 나보다 열 살이나 더 많아 보이셨으니 나이 탓을 할 일이 아니라는 생각이 들었다. 게다가 마침 이런 말씀을 해 주셨다.

"어려운 게 아니고 낯선 것일 뿐이에요."

익숙하지 않아서 낯선 것을 우리는 어렵다고 느낀다는 말이다.

아, 머리가 열리는 한마디였다. 짧은 순간 집중해서 요즘 말로 겁나게 연습을 했다. 하나, 둘, 셋, 넷. 모으고, 펴고, 벌리고, 모으고… 낯설었던 것이 익숙함이 되도록 손을 요리조리 접었다 폈다. 사실은 굉장히 단순한 동작이었는데 처음이라 어렵게 느껴졌던 것은 몇 번의 집중적인 연습으로 내 것이 되었다. 아, 학습의 효과, 반복의 결과, 연습의 보람.

씩씩한 항암녀의 속 • 엣 • 말

이제 어디를 가도 자랑할 만큼 익숙한 것이 되었다.

이게 뭐라고. 배운 것은 하나다.

반복하다 보면 된다는 것. 안 되는 게 아니라 되기 전에 그만둔 것이라는 것.

니무 쉽게 포기하고 되기 전에 좌절했다.

몇 년 전 자전거를 타다가 넘어진 적이 있다. 한 손으로 핸들을 잡고 한 손으로 휴대전화 액정 터치를 할 수 있다고 생각했는데, 머리와 손이 따로 놀아 그만 균형을 잃고 넘어진 것이었다. 피부가 살짝 까지고 크게 다친 데 없어 다행이다 싶었는데, 오른손 넷째 손가락이 퉁퉁 붓기 시작했다. 수상하다 싶어서 병원에 갔더니 당첨! 골절이다.

오른손에 깁스했으니 밥을 제대로 먹을 수도 없고, 자동차 시동도 걸 수 없는 상황이 됐다. 젓가락질은 불가능하여 포크로 밥을 먹는데, 영 모양새가 빠져서 사람들하고 밥을 먹기가 민망할 정도였다. 결핍은 필요를 부른다. 궁리 끝에 해답을 찾았다.

'왼손으로 해 볼까? 왼손잡이도 있잖아!'

'그런데 잘 될까?' 싶은 생각을 하는 순간, 고 정주영 회장이 내 귓가에 한마디를 속삭이고 가셨다.

"해 보기는 해 봤어?"

그날부터 나의 왼손 생활이 시작됐다. 양치와 세수는 이미 왼손으로 하고 있었지만, 젓가락질은 엄두도 못 냈는데 도전을 해 보기로 한 것이다. 숟가락질은 쉬웠지만, 젓가락질은 쉽지 않았다. 하지만 천천히 반복해서 하다 보니 콩자반을 들어 올리는 수준이 되었다. 별것 아닌 도전에 키득거리며 행복감을 맛보았다. 불가능하다고 생각했던 게 가능해졌기 때문이다.

알아서 익혀 온전히 내 것이 되는 것에는 4단계가 있다고 한다.

먼저 1단계는 무의식이면서 비숙련의 단계로, 알지도 못하고 숙련도 되지 않은 상태를 말한다. 2단계는 의식을 하지만 비숙련된 단계로, 잘하려고 애쓰지만 어설픈 상태를 말한다. 3단계는 의식을 하는 숙련된 단계로, 의식적으로 하면서도 익숙한 상태, 마지막으로 4단계는 무의식의 숙련단계인데, 의식하지 않지만, 도의 경지에 이른 것을 말한다.

운전을 예로 들면, 운전할 생각도 없고 할 줄도 모르는 것이 1단계, 면허를 따기 전후의 상태가 2단계, 초보운전 딱지를 떼고 운전에 자신감이 붙어서 자연스러운 3단계, 시동을 켜고 어디를 가든 그 모든 것이 의식하지 않고 이루어지는 상태를 4단계라고 할 수 있을 것이다.

1단계에서 4단계로 하루아침에 가는 법은 없다. 계단 밟듯 한 계단씩 차곡차곡 시간과 노력을 쌓아가는 수밖에 없다. 그리고 그 시작은 반드시 첫걸음일 것이다.

세상엔 처음이라서 낯설어서, 어려운 일처럼 보이는 일들이 수두룩하다. 도전하거나 도전하지 않거나, 시도하거나 시도조차 하지 않거나, 낯선 곳 그 사이에서 우리는 서성이고 있는 게 아닐까? 나의 왼손

잡이 생활은 2단계에 머물고 말았지만, 무의식의 숙련된 상태인 4단계의 오른손이 있었기 때문이었고, 불가능을 가능으로 보게 하는 경험을 남겼으니 충분했다.

몰라서 시작하지 않았거나, 두려워서 도전조차 않았던 일을 생각해 보았다. 삭은 일에 성취감이 생기니, '해 보기는 해 봤어?'라는 말이 메아리처럼 떠오르며 별것 아닌 것에 자꾸 도전장을 내밀어보는 삶이 되었다. 게다가 한술 더 떠서 '인생 뭐 있어? 하고 싶은 거 하는 거지.' 하는 배짱도 한 줌 챙겨보는 거다. '안됨 말고'의 뻔뻔함은 애교로 장착해주는 센스도 잊지 말자.

작은 일에 성취감을 느껴보자. 안될 것 같은 일에 도전장을 내밀어보자. 몰라서 시작하지 않았거나, 두려워서 도전조차 않았던 일, 별것 아닌 것에 맞서보는 것이 삶에 또 다른 활력이 될 것이다.

습관

●
·

    마음을 먹는다는 작심作心. 그런데 그 말 뒤엔 그림자처럼 따라붙는 말이 있다. 바로 삼일三日. 나의 작심삼일 점수는 가히 백 점 만점 수준이다. 그리고 작심삼일에 도돌이표를 붙여 돌림노래를 부르는 데에도 도가 텄다. 도돌이표 12번이 한 번의 도전과 한 번의 포기보다 낫다는 믿음으로 오늘도 나의 습관 만들기 프로젝트는 진행 중이다.

    습관이 되려면 66일을 반복해야 한다는 연구 결과가 있다. 영국 런던대학교의 제인 워들Jane Wardle교수팀의 연구에 따르면 행동이 습관이 되는데 반복이 필요한데, 그 기간이 두 달 남짓이다. 예를 들면 새해 첫날 결심한 일이 습관이 되려면 3월 7일까지 매일 하루도 거르지 않고 행동으로 실천해야 한다. 공부의 신 강성태도 66일 공부습관을 강조하고 있으니 믿어봄 직하다.

하지만 다짐이 66일을 넘기지 못 하는 일은 수두룩하다. 습관이 되지 못해 작심삼일을 반복하는 나를 보며 스스로가 한심스럽고 자괴감이 들어 친구에게 물었다.

"나는 왜 계획했던 걸 이루지 못하고 매번 똑같을까?"

"나도 그래. 열에 아홉은 그런 것 같아. 독하게 해내는 사람은 열에 하나, 10%밖에 안 되는 것 같아."

속상해서 쏟아내는 나의 자기 비난에 친구는 위로를 건넸다. 나 같은 사람이 많다는 것은 확실히 마음에 안정감을 준다. '그래, 내가 잘못된 게 아니야. 하하하…'

내 잘못이 아니라는 말에 바닥에 떨어졌던 자존감을 슬쩍 챙겨본다. 그리고 십수 년 전 보았던 〈굳세어라 금순아〉라는 드라마의 "포기는 배추를 셀 때나 쓰는 말 이에요."라는 명대사를 떠올리며 괜스레 빈주먹에 힘이 쥐어졌다. 덩달아 마음도 단단해지는 느낌이었다.

그렇다. 내 안에 긍정의 오뚝이가 있다. 삼 년 고개를 열 번이고 굴러 삼십 년을 만드는 전래동화의 해피엔딩처럼, 나는 아무 일도 없었던 듯 또다시 시작하기를 수시로 반복한다.

매년 새해 첫날이 있듯이, 우리에겐 열두 달이 있고, 열두 달의 한 달 안에 네 번이나 되는 월요일이 있지 않던가! 그러니 지난달에 못 했으면 다음 달에 하면 되고, 지난주에 하다 멈췄어도 다음 주에 다시 하면 될 일이다. 아침 운동하기를 월화수 하다가 목금토 못 했어도 그냥 다시 하면 된다. 다이어트를 일주일 잘 하다가 또 이삼일 폭식을 했어도 또다시 밥그릇을 반으로 비워 내고, 간식 먹기를 두 눈 질끈 감고 꾹참으며 다시 도돌이표 하면 된다. "에라, 모르겠다! 내 인생에 무슨 다이어트는!"하고 포기만 하지 않으면 된다. 평생 필요 없을 것처럼 벨트를 쓰레기통에 버리는 일만 하지 않으면 된다.

포기가 아닌 잠시 멈춘 것이라고 자신에게 속삭이며, 아무 일도 없었던 듯, 내가 원했던 목표를 그리며 또다시 이어가는 것. 그렇게 들인 노력이 켜켜이 쌓이다 보면 아무것도 하지 않는 것보다 몇 배 낫다.

사실 마음 먹은 대로 일이 잘되지 않고 힘겨울 때 포기를 않고 버틴다는 것이 쉬운 일은 아니다. 몸만 힘든 것이 아니라 정신적인 소모도 상당하기 때문이다. 특히 계획한 일이 자꾸 중도에 멈추게 되고, 성과가 나타나지 않으면, '나는 꾸준히 하는 게 안 되는 사람인가?', '나는 왜 제대로 하는 일이 없지?'라는 생각이 들게 마련이다. 나 역시 그럴 때마다 자신이 초라해 보여서 마치 물에 젖은 고양이가 된 기분이었다. 그래서 무엇이 되었든 계속하는 것에 목표를 두고 해야 할 일을 아주 작은 단위로 쪼개어 시작해 보았다.

내가 시작한 것은 간단한 일들이다. 눈뜨자마자 손바닥 비벼서 마른 세수하기, "잘 잤다."라고 말하며 일어나기, 침대에 잠시 앉아 명상하기, 이불 정리하기, 아침에 일어나 물 한잔 마시기,매일 스쿼트 하기 등 아주 작은 일부터 실천했다.

이른바 아침 루틴 만들기! 마른세수는 방송에서 어느 연예인에게 피부가 좋은 비결을 묻자 알려준 것이라 믿져야 본전이다 싶어 따라 하기 시작했는데, 손을 비벼 눈에 올리고 있으면 제법 따뜻한 것이 혈액순환이 되는 느낌이어서 좋다. 물 500cc를 들이켜는 것은 생각보다 조금 어려웠지만 '맥주라고 생각하지.'하며 벌컥벌컥 마시고 있고, '잘 잤다.'라고 하는 말은 '충분히 쉬었으니 꾸물거리지 말고 일어나.'라는 신호이다.

자기계발서 작가인 팀페리스^{Tim Ferriss}의 저서 《타이탄의 도구들》을 보면 성공한 사람들의 아침 루틴에 관한 이야기기가 나오는데, 대부분 이불을 정리하고, 짧은 명상을 하고, 차를 마시고, 스트레칭 같은 짧은 동작을 반복하고, 아침일기를 쓰는 단순하고 쉬운 일들로 시작한다고 했다. 그리고 이 모든 일을 다 해내는 날은 1년 중 30%가 되지 않는다고 하니, 우리처럼 평범한 사람들이 하다가 말기를 반복하는 것쯤은 용서받을 수 있지 않을까?

나는 아침 루틴 말고도 또 다른 습관을 들이고 싶었다. 바로 운동습관이었다. 하루에 한 시간 운동하기는 너무 버겁게 느껴져서 크게 시간을 낼 필요가 없이 수시로 일상에서 조금씩 하는 것으로 계획을 바꿨다. 매일 하면 좋지만 신경 쓰지 않으면 자꾸만 잊는 게 스쿼트인데 반드시 해야 하는 타이밍을 정했다. 욕실에서 따뜻한 물이 나올 때까지 기다리면서, 전자레인지에 음식 데우는 동안 하는 것이다. 전자레인지 옆에서 운동복도 안 입고 엉덩이 쭉 빼는 모양새가 조금 웃기기는 하지만, 뭐 어떤가? 나만 보는데! 그렇게 깜빡하기 쉬운 운동을 틈새 공략법으로 끼워 넣기 했더니 이젠 그 위치에 서면 자동적으로 하게 되었다. 이렇게 매일 수십 번의 동작이 쌓이다 보면 애플힙도 가능하지 않을까 야무진 기대를 해본다. 아주 작은 일이지만 일정한 패턴을 만들고 반복할 수밖에 없도록 만드는 것. 꾸준함의 비결은 별것 아닌 것의 반복이 필수적인 것이다.

혼자 하는 것이 잘되지 않으면 할 수밖에 없는 상황을 만들면 된다. 의지박약이란 핑계를 대는 사람들에게 유용한 방법이다. 예를 들면 관계를 이용하거나, 비용을 쓰는 것이다. 아침 운동을 하긴 해야 하는데 눈이 안 떠질 때, 같이 갈 사람과 약속을 하면 된다. 나와의 약속은 잘 안 지켜지지만, 타인과의 약속은 강제성이 있어서 지키게 마련이다. 아니면 비용을 지불하는 방법이 있다. 돈을 내고 수업을 갈 수밖에 없는 상황을 만드는 것이다. 비용을 지불하면 돈이 아까워서라도 열심히 하고 비쌀수록 더 열심히 하게 된다. 헬스장을 제값보다 저렴하게 등록하는 그것보다 비싼 값에 개인 PT를 끊으면 본전 생각이 나서 기를 쓰고 하게 되어 있다.

한번은 지인에게 헬스장 시설을 1년간 이용할 수 있는 회원권을 선물 받은 적이 있다. 헬스장 사장님의 선물이었으니 잘 이용하고 홍보를 부탁하는 의미였던 것 같다. 이게 웬 떡인가 싶어 좋았던 것도 잠시, 연간 회원권은 3회 이용권 쿠폰과 다를 게 없이 전락해 버렸다. 일하느라 바빴던 이유도 있었지만, 운동에 재미를 느끼지 못했던 이유와 공짜가 주는 심리적 이완이 문제가 아니었을까 싶다. '언제든지 가면 되는데 뭐, 돈 낸 것도 아닌데 뭐.' 하는 마음 말이다. 1년 회원권의 가치는 딱 1년이 지나고 혜택이 사라지고 난 다음에 알게 되었다.

'아깝다.'

이렇게 나는 또 뒤늦은 후회를 했고, 그 후 깨달은 것은 적절한 비용 지불도 때에 따라 필요하다는 것이다. 영양제도 공짜로 얻어먹으면 귀한 줄을 모른다. 내 돈 주고 사 먹어야 값어치를 안다. 경제 원리를 동원해서라도 할 수밖에 없는 상황을 만드는 것. 그렇게 해서라도 하게 만드는 것. 내가 원하고 바라는 상태가 있다면 이런저런 시도를 해보고 다시 수정하고 계획을 고쳐가며 앞으로 나아가면 된다. 그렇게 해서 나만의 패턴을 찾으면 된다.

또 하나의 방법이 있는데 하겠다고 마음먹으면 동네방네 주변 사람들에게 말을 하고 다니면 된다. 사람들이 CCTV가 마냥 지켜보는 것은 아니지만, 말해놓고 하지 않으면 스스로 불편함을 느끼기 때문에 행동으로 옮기려는 노력을 하게 되어 있다. 마치 수험생들이 책상 앞에 '집중! 하면 된다!'라고 써놓는 것과 같은 원리이다. 이것은 심리학적으로 인지 부조화를 이용한 방법으로 무엇보다 비용을 들이지 않고도 행동하게 하는 효과가 높아서 마음만 먹으면 적용해 볼 수 있으니 시도해 볼 만 하다.

사실은 아무도 뭐라고 하지 않는다. 왜 부지런히 살지 않느냐고, 왜 그 모양이냐고 손가락질하는 사람은 아무도 없다. 그냥 나 스스로 약속한 것이다. 성인이 되고 나니 계획했던 약속을 못 지킨다고 해서 왜 끈기가 없냐고 나무라는 사람도 없다. 그냥 내가 잘하고 싶은 것이다. 내 삶이니까 한 번밖에 없는 내 인생이니까 말이다.

내가 나의 삶을 어떻게 살았는지는 누군가의 평가를 떠나 내가 보기에 당당할 것.

내가 보기에 기특하고 대견하기를 바란다. 그래서 잘 못하는 나의 모습을 알아도 포기가 안 된다. 포기할 수가 없다. 안되면 다시! 다른 방법으로 또다시! 나한테 맞는 방법을 찾으면 된다. 그게 나와의 여행에서 내가 할 수 있는 일이다.

꿈꾸지 않으면

●
·

아들 녀석이 중학생이 되더니 볼멘소리로 한마디 했다.

"엄마, 사람들이 꿈이 뭐냐고 묻는데 난 꿈이 없어요."

"괜찮아. 아직은 그럴 수 있어. 하지만 언젠가 꿈이 생기는 날이 올 거야."

십 년 남짓 살아온 인생에게 제법 진지한 고민인 듯했으나 나는 걱정하지 말라고 말해 줬다. 아직 경험한 것도 많지 않고, 딱히 뭘 해야 할지도 모르겠고, 하고 싶은 게 뭔지도 모르는 게 이상한 일이 아니라며, 아직 경험한 것이 많지 않아서 그렇다는 나의 말이 사춘기 사내아이에게 위로가 됐을까?

"프로게이머가 되고 싶다는 생각을 했었는데요. 실제로 프로게이

머들은 밥 먹고 게임만 해야 한대요. 그런데 그건 너무 힘들고 즐겁지 않을 것 같아요. 그래서 프로게이머는 안 하기로 했어요."

아이의 꿈이 살포시 피어오르려다 불씨가 완전히 소멸된 순간이다.

아들의 꿈 타령에 나의 꿈이 떠올랐다.

이선희 모창을 찰떡같이 할 때는 가수가 되고 싶었고, 교과서에 실린 희곡 속 배역을 기막히게 소화할 땐 연극배우가 되고 싶었다. 그러다 윤석화라는 배우를 알게 되고는 뮤지컬을 해야겠다고 생각했고, 그러다 다시 성우가 되고 싶었던 내 꿈의 변천사는 십 대에 시작해 이십 대 초반까지, 나의 꿈은 속된 말로 '미친년 널뛰듯 한다.'는 말처럼 이랬다저랬다 널을 뛰었다.

부모님은 나에 대한 기대가 없었다. 공부에는 재능이 크게 없는 것 같으니, 집안일 돕다가 적당한 때가 되면 시집이나 갔으면 하셨던 것 같다. 어차피 사람을 써야 하는 업장을 하고 있었으니, 있던 사람 내보내고 목욕탕 카운터에 나를 대신 두자는 게 두 분이 설계한 나의 미래 청사진이었다.

나에게는 필사적인 도피가 필요했다. 어물쩍거리다간 카운터 근무자 대신 나를 그 자리에 앉힐 게 뻔했기 때문에 어떤 핑계를 대서든 그곳을 도망가야 했다. 그것만이 내 젊음을 위해 내가 할 수 있는 유일한 일이었다.

서울로 갔다. 기본급이 겨우 보장되는 직장을 얻었다. 겨우 방세를 내고 내 용돈을 쓰고 나면 모이는 돈이 하나도 없는 생활이었지만 나는 그만두지 않았다. 성우가 되고 싶다는 꿈은 여전히 있었지만 학원비는 엄두도 못 낼 만큼 고액이었고, 준비 없이 치른 몇 번의 공채시험에서 보기 좋게 미끄러졌다.

한번 시골뜨기는 영원한 시골뜨기다. 그러다 시골뜨기 집인 걸 어찌 알았는지 창문을 뜯고 들어온 도둑에게 자취생의 세간살이를 무참히 털리고, 눈뜨고 코 베어 간다는 서울에서의 싱글 생활을 요즘 말로 취집을 한 것이다. 마침 결혼을 해도 이상한 나이가 아니었고, 마침 결혼하자는 남자가 있었다. 가정을 이루면 행복할 것만 같았다. 이제 더이상 도망가지 않아도 될 것만 같았다. 남들이 다 부러워할 만큼 멋있거나 화려하게 살 계획은 없었다. 내가 원한 건 그냥 보통의 삶이었다. 남들 웃는 것만큼 웃고, 남들이 먹는 만큼 먹고, 발 뻗고 잘 집이 있고 돌아갈 집이 있고 반겨줄 동반자가 있으면 충분히 족하다고 생각했다.
결혼을 크게 어렵게 생각하지 않았다. 시부모 모시고 네 명의 아이를 키우고 큰집 살림을 하는 엄마를 보고 자란 탓에 뭘 해도 엄마보다는 쉬울 것으로 생각했고, 엄마처럼만 열심히 살면 아무런 문제가 없을 줄 알았다. 나름 한때 품었던 '현모양처'라는 꿈을 펼쳐볼 생각이었다.
그러나 내 꿈은 결혼 10년 만에 보기 좋게 좌절됐다.
나는 결혼이 아닌 다른 꿈을 꾸어야 했다. 아내라는 이름을 버렸으니 양처는 물 건너갔고, 현모라는 반쪽의 꿈을 호주머니에 챙겨 넣었다.

먹고 사느라 꿈 타령을 할 시간이 없었다. 그냥 하루하루 닥치는 대로 살아야 했다. 커가는 아이들만큼 더 벌어야 했고, 움직여야 했다. 세 아이와 잘 먹고 잘살면 될 일이었고, 그게 어쩌면 나의 가장 커다란 꿈인지도 모른다. 그런데 그 꿈조차 사치였나보다.

2017년, 수술하고 항암을 하며 오로지 환자로 살았던 한 해였으니, 내 생애에 그렇게 온전히 엉망진창이었던 해가 또 있을까. 머리카락은 온통 빠지고 이어지는 방사선에 얼굴이며 온몸이 퉁퉁 붓기 시작했다. 견딜 때는 몰랐다. 내가 할 일이었기에 치러낼 수밖에 없는 과정이었다. 고통스러웠지만 불만은 없었다. 불평한다고 줄어들 고통이 아니었기 때문이다.

그냥 운명처럼 받아들이면 될 일이었다. 그래서 내 마음은 사람들이 생각하는 것처럼 복잡하거나 힘들지 않았다. 덕분에 모든 일을 내려놓고 1년을 휴가처럼 썼으니 안식년이라 생각하기로 했다.

그 모든 게 회복되고 나는 다시 일상으로 돌아왔다. 이런 소소한 일상조차 간절히 꿈꾸었던 때가 있었으니 나는 지금 더 바랄 것이 없다고 해야 하는 걸까. 잃었던 일상을 찾고 내 자리로 돌아왔을 때 오히려 선명히 꿈꾸는 방법을 알게 됐다고 하면 어떻게 들릴까.

일상을 찾아가면서 내가 욕심을 낸 것이 있다면 바로 '재미'와 '즐거움'이었다. 하나둘 일을 해달라는 요청이 들어오면서 나는 일을 즐겼고, 더 재미있는 일을 하고 싶어졌다. 재미와 즐거움으로 일을 하는 순간, 비로소 온전히 나의 몸과 마음이 충만해짐을 깨달았다.

행운이었다. 온전히 즐겁게 일할 수 있다는 것은
행복이었다. 새로이 모든 게 제자리로 돌아온 것은

꿈을 찾아가는 여정. 나다움을 발견하고, 내가 잘하는 것을 하고, 하고 싶은 것을 알아가는 것, 반짝반짝 빛나는 꿈은 어두운 터널 저 끝에 보이는 작은 불빛 같은 것 아닐까. 아직 여전히 어둡지만 뒤돌아 갈 것이 아니요, 더 이상 헤매지 않도록 희미하게라도 보이는 빛을 따라 한 걸음 한 걸음 다가가는 것. 꿈과의 거리를 좁히는 유일한 방법일 것이다.

'꿈꾸지 않으면 사는 게 아니라고 별 헤는 맘으로 없는 길 가려네.'

간디학교 교가 〈꿈꾸지 않으면〉의 노랫말처럼 우리는 꿈을 꾼다.
아직 꿈이 없던 나의 2호 아들도 언젠가 희미하게 스며드는 빛줄기를 만날 수 있기를 기대해 본다. 그리고 나 또한 봄날 아지랑이처럼 피어나는 몽글대는 마음의 움직임을 놓치지 않으려고 한다.
버킷리스트를 적어보자.
안될 것을 먼저 생각하지 말고, 해보고 싶은 것을 하고, 가고 싶은 곳으로 떠나자. 지금까지 살아온 당신은 당연히 그래도 된다.

그리고 리스트를 꼭꼭 숨겨둘 것이라 아니라 수시로 보이는 곳에 두자.

크든 작든 크기와 상관없이 빛나고 있는 꿈뭉치를 바라보는 것.

내 삶을 조금 더 재미있고 의미 있게 살아가는 방법이 아니겠는가?

오리 날다

•
•

고등학교 시절이었다. 나는 연극배우가 되고 싶었다. 그래서 연극영화과로 진학을 하고 싶었다. 물론 부모님은 '딴따라'는 안 된다며 희망의 싹을 잘라 놓으셨다. 나는 착한 아이라 곱게 말을 들었다.

엄하신 부모님께 연기를 하겠다는 고집을 부리지는 못했지만, 친구나 선생님 같은 다른 사람에게는 나의 희망 사항을 말할 수 있었다. 한때 수학 선생님이 좋아서 수학 공부에 열을 올리고 열심히 할 때가 있었는데, 그즈음 선생님과 가깝게 지내며 진로에 관한 대화를 나누게 되었다. 하루는 선생님이 나의 장래에 대해 물었다.

"나중에 커서 뭐가 되고 싶니?"

"저요? 저는 연극을 하고 싶어요."

"연극? 연극이면 연출?"

"아니, 배우요."

"연극을 할 거면 연출을 해야지!"

단호한 선생님의 말씀에 말을 얼버무리고 말았다. 그래도 배우가 하고 싶다는 말을 차마 하지 못한 것이다. 나의 소심함이 습관이 됐다. 그렇게 또 꿈을 접고 숨기기를 쉽사리 했다. 점점 더 소심해졌고, 나의 꿈을 누구에겐가 말하기가 자신이 없어졌다. 응원받지 못하는 꿈은 가치 없이 느껴지고 바람 앞의 촛불이 되어버리기 십상이다.

한없이 나약하고 어린 십 대가 꿈을 찾지 못하는 이유는 단지, 하고 싶은 일을 못 찾아서만은 아닌 것 같다. 꿈을 찾았어도 그 꿈이 응원받지 못하고 박수받지 못하는 일임을 미리 알고 지레 접어버리는 일이 허다하지 않을까. 내 어린 날처럼 말이다.

꿈이라고 말하면 너무 거창하게 들리고, 자그마한 나의 소망쯤은 부끄럽게 느껴져서 말하기조차 힘든 순간이 있다. '이걸 꿈이라고 할까? 말까?' 나의 꿈이 손가락질당할까 봐 부끄럽고 조심스러운 것이다. 우리는 꿈이라고 하면 남 보기에 그럴싸한, 한마디로 폼 나는 그 무엇을 정해야 할 것만 같은 강박감이 있지 않은가. 우린 그렇게 교육받았고 길들여졌다. 그래서 어릴 적 꿈은 너나 나나 할 것 없이 옆집 건너 하나씩 대통령이었던 시절이 있었지 않은가. 하지만 지금은 자식이 대통령을 하겠다고 하면 말릴 판이다. 세상이 변했다.

언젠가 백상예술 시상식 때였다. 레드 카펫 주인공들이 관객이 되어 무대 위 무명 배우들이 부르는 노래를 지켜보고 있었고, 스타들 중 몇몇은 눈시울을 적시기도 했다.

꿈을 꾼다.
잠시 힘겨운 날도 있겠지만…

한두 명으로 시작한 무대는 와르르 몰려나오는 무명 배우들로 가득 찼다. 어린 꼬마부터 나이가 제법 있어 보이는 무명 배우들, 그들은 배우라는 이름이 좋아서 자신의 길을 담담히 갈 것이라는 인터뷰 영상을 배경으로 그들 자신을 꼭 닮은 노래를 끝까지 불렀고, 화면에 시선을 고정시키고 있던 나는 덩달아 콧잔등이 시큰해지더니 결국 눈물이 흘렀다.

꿈꾸었던 배우가 되지 못한 채로 사십 대가 된 후에도 가끔 불씨 같은 것이 미련처럼 남아 그 시절이 떠오르곤 한다.
"나 연극 안 하길 잘했다 싶어."
"왜? 했으면 지금 한자리하고 있을 것 같은데!"
절친에게 뜬금없는 고백을 하고 생각지도 못했던 대답을 들었다. 역시 내 친구다. 친구 하나는 기막히게 잘 두었다. 이렇게 응원에는 힘이 있다. 밥심이라고 하는 것처럼 응원이 말밥이 되어 듣는 사람에게 힘을 준다. 이런 전폭적인 지지를 어디에서 받을 수 있으랴.
늘 말없이 바라봐 주고, 응원이 필요한 순간엔 전폭적으로 지지해

주는 그런 친구다. 오리를 날게 하고, 우물 안 개구리가 월담을 하게 만들어주는 친구. 충고가 필요할 때면 조심스레 다가오고, 위로가 필요할 때면 곁을 지켜주는 친구. 흔들리지 않고 내가 삶을 잘 건너올 수 있었던 건 때론 나침반 같고, 때론 치어걸 같은 그녀가 있었기 때문이라고 믿고 있다.

나이가 불혹을 넘어 지천명을 바라보는 지금 "그 나이에 무슨 꿈이 있겠어?"하고 말한다면 "천만의 말씀!"이라고 대답해주고 싶다. 어린 나이에는 눈치 보느라 못 꾸던 꿈을 이제는 아랑곳하지 않고 꿈을 꾼다. '항구에 정박해 있는 배는 안전하다. 그러나 배는 항구에 묶어두려고 만든 것이 아니다.'라는 말처럼 우리가 세상에 태어난 존재 이유가 항구에만 있으라는 이야기는 아니지 않겠는가? 가슴이 펄럭일 때, 그 펄럭임을 따라가는 것이야말로 진정한 나 자신을 찾아가는 길일 것이다.

해보지도 않고 주저하기보다는 도전할 것.
도전했다면 할 수 있는 만큼 나를 쏟아부을 것.

결국, 나는 사고를 쳤다. 연극배우가 되기로 한 것이다. 평생 처음으로 오디션이라는 것을 보는데 뭘 어떻게 해야 하는지 몰라 어리바리했지만, 그날의 설렘은 참으로 오랜만에 느끼는 것이었다. 설렘은 행복이라는 감정을 가져왔다. 떠올리기만 해도 이렇게 좋으니 오래도록

씩씩한 항암녀의 속•엣•말

숨겨둔 꿈은 세상 빛을 보게 해 주고, 기지개를 켤 수 있도록 해 줘야 하나 보다.

생각해 보니 무대는 늘 그곳에 있었다. 마음먹지 않았고 도전하지 않았을 뿐이다. 하지 말아야 할 핑계를 찾으면 수도 없이 많고, 하려는 이유를 찾으면 그 또한 많다. 그리고 그것이 꿈이라는 이유라면 그것만으로도 충분한 의미가 있다. 그러니 누군가 꿈이 있다고 하면 꿈의 크고 작음을 평가하거나 비난하지 말자. 꿈을 품은 사람들이 심장이 두근거리는 일을 할 수 있도록 한걸음 뒤에서 바라봐 주자. 그것이 아끼는 사람들을 위해 우리가 기꺼이 해야 할 일이 아닐까.

나의 꿈을 부끄러워 말고 남의 꿈도 부러워만 말자.
나의 꿈은 도전하고 남의 꿈은 응원하자.

용기

●
·

    아장아장 이제 막 발걸음을 뗀 지 얼마 안 된 아이들이 할 수 있는 건, 한두 발자국 걷다가 넘어지기. 그리고 다시 일어나 아무 일 없었던 듯 걷는 것이다. 걸음이 좀 익숙해져서 미끄럼틀을 탈 수 있을 정도면 어떨까? 만약 미끄럼틀을 타려고 높은 곳에 올라간 게 처음이라면, 아마도 덜컥 겁이 날 수도 있겠다. 그 아이는 오늘 미끄럼틀 타는 걸 포기할지도 모른다. 아래에서 보던 것과는 확연히 다르게 느껴지는 것들에 갑자기 밀려드는 공포를 느낄 수도 있다. 처음은 누구나 낯설고 겁이 나게 마련이니까.

    어른이 되어서도 돌배기 아이와 같은 두려움은 있기 마련인데, 이 순간 선택은 딱 두 가지다. '멈출 것인가? 움직일 것인가?' 그리고 이때 멈출 것과 움직이는 것을 결정하는 건 몸이 아닌 마음이다. 머뭇거리

                                  씩씩한 항암녀의 속•엣•말

다가 주저앉을 것인지, 계속할 것인지를 선택하는 힘도 마음이다. 그러니 마음에 집중하자. 될지 안 될지를 고민하기보다 맨 처음 꿈틀댔던 마음에 집중하자. 몸은 마음을 따라가면 된다. 중요한 건 우리들의 가슴 한편에 하고 싶다는 마음을 이미 품었다는 것! 고개를 드는 마음은 뜻이 있었다는 것. 오늘 하지 않으면 내일도 계속 품고만 있어야 할지도 모르니, 내가 원하고 있는 것이 있다는 사실, 그것을 잊지 말자.

내가 좋아하는 뮤직비디오가 있다. 미국 가수인 사라 바렐리스^{Sara} Bareilles의 〈Brave〉가 그것이다. 뮤직비디오의 배경은 특별한 곳이 아닌 평범함 사람을 마주할 수 있는 길거리, 헬스장, 쇼핑몰 같은 평범한 곳이다. 길에서는 어디에서나 만날 것 같은 평범한 사람이, 헬스장에선 운동하는 곳과는 안 어울릴 것 같은 체구가 왜소한 아저씨가, 도서관에서는 누가 봐도 비만인 한 젊은 남자가, 쇼핑몰에서는 평범한 듯 조금은 개성 있어 보이는 한 남자가 뜬금없이 춤을 추기 시작하는데, 누구는 어색하게, 누구는 흥겹게, 또 누구는 춤꾼처럼 멋있게, 또 누군가는 미친 듯이 춤을 추는 것이다. 마치 몰래카메라처럼 보이기도 하는 이 영상은 '뭐지?' 하며 보게 되다가 이내 입가에 미소를 짓게 한다. 가사도 예술이다.

"도망치지 말라고, 하고 싶은 말을 참지 말라고
나는 그냥 당신이 용감해지는 걸 보고 싶다고…."

누군가를 해치지 않으면서 내가 당당해질 수 있고 내 목소리를 낼 수 있는 삶. 우리 모두 그런 삶을 바라지 않는가.

뮤직비디오처럼 망설이는 것을 멈추고 드러내는 마음의 힘을 나는 '용기'라 생각한다.

크고 작은 용기. 생각한 일이 마음 먹은 것처럼 잘되지 않을 때, 자신이 없을 때, 이건 아니다 싶을 때, 우린 내 안에 작은 불씨 같은 용기를 꺼내어 바람을 불어넣어야 한다. 후우…. 불씨가 바람을 만나 활활 타오를 수 있도록 후우…, 후우…. 불씨가 불꽃이 되면 바라는 바가 더 잘 보이게 마련이니까 말이다. 누군가는 늘 불꽃을 품고 산다. 용기가 생활이 된 사람들. 그들에게 용기는 특별한 일이 아닐 수 있겠지만, 조금은 소심하고 걱정이 많은 사람들이나 남의 시선이 두려운 사람들에게는 용기를 내야 하는 순간이란 늘 큰 결심이 필요한 것이다.

내게도 그런 순간이 있다.

삶의 방향을 완전히 틀어야 했던 순간, 그때는 용기 있는 결정이었다고 생각하지 못했는데, 나와 비슷한 시간을 걸어오고 나와 같은 결정을 했던 선배가 그런 말을 했다.

"경미야, 우리는 참 용기 있었어! 이게 아니다 싶으면서도 그냥 사는 여자들 많거든. 너랑 나는 참 용기가 있었던 거야! 난 참 잘했다고 생각해."

'그랬구나, 나는 용기 있었구나!'

씩씩한 항암녀의 속·엣·말

그제야 내 자신이 기특해 보였다. 대견해 보였다.

용기가 없다고, 나는 늘 부족한 사람이라고 웅크리고 있을 때, 내게 '용기'라는 이름표를 달아준 선배 덕분에 나는 드러나지 않은 채 묻혀 있던 내 안에 있는 용기를 발견했다.

세상이 붙여주고 내가 스스로에게 붙였던 꼬리표를 과감하게 떼어내는 것. 이 또한 용기가 필요할 것이다. 사람들의 시선 따위에 크게 흔들리지 않고 내가 갈 길을 선택할 용기. 내가 선택한 길을 뒤 돌아보지 않고 무소의 뿔처럼 혼자 갈 용기 말이다.

그렇게 생각하기로 했다. 나는 제법 용기가 있다고.

여전히 부족해서, 자신감은 심장이 아닌 콩팥 어딘가에 붙어있는 느낌이지만, 사람들이 자신 있어 보인다니 가끔은 자신 있는 사람처럼 그렇게 살아보기로 했다. 여전히 겁이 많지만, 용기가 필요한 순간에 숨어 있는 용기를 꺼내어 쓰기로 했다.

어쩜 이렇게 책을 쓰려고 마음을 먹은 것도 내게 용기가 있음을 확인하는 길인지도 모른다.

단지 글을 끄적이는 일은 숨어서 할 수 있는 일이지만, 그 글을 묶어 책으로 내겠다는 결심은 용기가 없으면 하기 힘든 일이니까.

아마도 나는 점점 용기 있는 여자가 되어가고 있나 보다.

때로는 상처, 가끔은 용기

씩씩한 항암녀의 속·옛·말

초판 1쇄 발행 2021년 10월 31일

지은이   이경미
발행처   예미
발행인   박진희, 황부현
편집   차영순
디자인   김민정

출판등록 2018년 5월 10일(제2018-000084호)

주소   경기도 고양시 일산서구 중앙로 1568 하성프라자 601호
전화   031)917-7279   **팩스** 031)918-3088
전자우편 yemmibooks@naver.com

ⓒ이경미, 2021

ISBN 979-11-89877-61-3 03810